박병제 제목미상 32X23cm 캔버스 유화 2004

맨
땅
에

헤
딩
하
기

소설가 고금란의 세상사는 이야기

책을 내면서

두 번째 산문집을 엮는다.
쌓아 놓은 글을 꺼내보니 서너 권 분량이 넘었다.
나를 버티게 하는 힘이 글쓰기였다는 것을 새삼
확인하며 원고를 고르느라 한껏 신열을 앓았다.

삶은 정답이 없는 각자의 여정이다.
어차피 태어나는 자체가 맨땅에 헤딩이고
보장된 것이 하나도 없는 길을 가는 일이다.
나는 고민이 짧고 일부터 저지르고 드는 기질이라
현실적으로 감당해야 하는 몫이 많았던 것 같다.
좋게 해석하면 가슴의 소리에 따랐다는 말이고
계산 없이 즉흥적으로 살았다는 뜻이기도 하다.
그래도...용케 여기까지 왔다.
오늘은 굳은살 박인 이마를 쓰다듬고
낡아가는 몸도 한번 안아주자.

때맞추어 비님이 오신다.
낙숫물 소리가 편안하다.

2018년 여름. 고등골에서
고금란

고
등
골

편
지

두
껍
아

두
껍
아

1995년 여름에 멀리 낙동강이 아련하게 내다보이는 구 만덕동
으로 둥지를 옮겼습니다. 덕포시장통 시끄럽고 번잡한 주택가에서
살다가 산 중턱으로 이사를 오니 신선놀음이 따로 없었습니다. 육
년 쯤 지난 어느 날 반장이 찾아와서 환경개선지구로 지정받는 일
에 동참하라고 했지만 도장을 찍지 않았습니다. 그러나 일 년 뒤에
동네 전체가 재개발 지역으로 묶이는 바람에 개인적인 권리를 포기
할 수밖에 없었습니다. 참 괜찮게 지은 집이었고 사람 살기 좋은 동
네였습니다. 담장 낮은 우리 집은 늘 대문이 열려있었고 여름철이
면 할머니와 소꿉놀이하는 아이들이 집 그늘에 돗자리를 펴고 앉아

놀았지요. 그때만 해도 만덕동은 사람들로 넘쳐나던 동네였습니다. 33번 버스 종점은 출퇴근하는 젊은이들로 붐볐고 노인들은 골목 평상에 삼삼오오 모여 앉아 소일거리를 즐겼습니다. 그러다보니 하나뿐인 초등학교에서 아이들을 모두 수용할 수 없어서 상계봉 아래 학교를 하나 더 지어야 할 정도가 되었습니다. 다음 해 만덕초등학교에 다니던 학생 오백 명이 한꺼번에 상학초등학교로 옮겼고 입학하는 코흘리개들이 백 명이 넘었습니다. 만덕동은 지역의 가치와 발전을 결정짓는데 큰 요소인 지하철 역세권에 있으며 고속도로 진입이 수월한 곳입니다. 게다가 공항과 철도역이 십 분 거리에 있으니 변두리라 해도 살기 편리한 곳이었습니다.

지금 만덕동은 아파트 짓는 공사가 한창입니다. 30층 높이의 건물들이 모두 들어서면 남해고속도로에서 부산으로 진입하는 차 안에서 더 이상 상계봉 우람한 자태를 볼 수 없을 것입니다. 15년 전 누군가의 발상으로 시작된 이 재개발 계획은 결국 공기업인 토지주택공사가 의도했던 대로 착착 진행되고 있는 셈입니다. 하지만 그 과정에는 무수한 사람들의 반항과 눈물 어린 사연들이 있었습니다. 헌 집 주고 새집을 받는다며 좋아하는 이들이 있었는가 하면 반기를 든 주민들 간의 갈등도 만만치 않았습니다. 싸움은 애당초 골

리앗과 다윗의 양상이었고 주민들의 손에는 작은 돌멩이조차 하나 없는 상황이었습니다. 나는 이미 답이 나와 있는 싸움을 포기하고 다시 집 지을 곳을 찾아다니기 시작했습니다. 하지만 그 당시 부산에는 118개 지역의 주택가가 재개발과 재건축의 소용돌이 속에 휩싸여 있었으니 땅을 구하지 못한 것이 당연한 일이었습니다.

나는 보상가 통지문을 받은 이틀 뒤 마을 복판에 있는 어린이 놀이터에서 집회가 열렸던 밤을 잊지 못합니다. LH공사 측 직원과 추진위원장의 설명을 들을 것으로 여기고 처음으로 참석한 자리였는데 그쪽 사람들이 한 명도 보이지 않는 이상한 집회였습니다. 그리고 그날 밤 나는 너무 많은 것을 알아버리고 말았습니다. 오백여 명의 주민들 속에서 몇몇 할머니들이 울부짖고 있었습니다. 삼십 년 넘게 이곳에서 살았는데 전세방을 구하기도 힘든 보상금을 가지고 어디로 가란 말이냐고, 차라리 나를 죽이라고 입에 거품을 물고 있었습니다. 나는 충격을 받았습니다. 새로 지은 집에서 행복하게 살고 있었으니 환경개선지구로 지정된 십 년 동안, 개축은 물론 재산권 행사를 못해 고통받는 주민들의 어려움을 전혀 짐작하지 못했던 것입니다. 그리고 보상금 지급 시기를 두고 밀고 당기는 몇 년 사이에 북구 지역의 아파트 가격이 배 이상 올라서 집은 집대로 없어지고 입주할 돈이 모자라서 오갈 데 없다는 주민들이 많았습니다. 그 모든 것이 내 관심밖에 있던 일이었습니다.

　공개입양과 기부 천사로 알려진 영화배우 차인표 씨의 이야기입니다. 그는 어렸을 때 반지하 창고에서 놀다가 창문에 머리가 끼어서 꼼짝할 수 없었던 적이 있었다고 합니다. 깜깜한 지하실 안에서 목이 막혀 죽을 지경에 놓여있는데 옆에 있던 형이 큰 소리로 울기 시작했고 울음소리를 들은 동네 사람들이 달려와서 구출해 주었습니다. 그는 지금 자신이 하고 있는 일들이 그러하다고 했습니다. 세상에는 소리 내어 울 수 없는 이들이 많으니 자신은 그저 그들을 대신해서 울어주는 것뿐이라고요, 그것은 옳고 그름이나 이념을 떠나 생존에 관한 문제라고요, 놀이터 귀퉁이에 서 있는데 가슴속에서 자꾸만 뭉클뭉클 움직이는 것이 있었습니다.

　"울어라, 그들 대신 울어주어라."

　나는 그 소리에 떠밀려 사람들의 물살을 헤치고 나가서 마이크를 들었습니다.

　"저는 만덕1동 821-2번지에 살고 있는 사람입니다. 여러분, 미안합니다. 그동안 저는 이 동네를 떠나려고 준비하고 있었는데 오늘로 그 마음을 접겠습니다. 끝까지 남아서 주민 여러분과 함께 하겠습니다."

내가 남아 있는 자체가 이들을 위해 울어주는 것이라고 믿었습니다. 사람들이 환호하면서 박수를 쳤습니다. 다음 날부터 환경개선지구지정 자체를 철회하라는 서명 운동과 함께 모금 운동이 전개되었습니다. 그리고 본격적으로

"내 집에 살겠다."

라는 슬로건을 건 투쟁이 시작되었습니다. 그 결과 보름 만에 70%를 넘는 주민들이 보상가 통지문을 반납하는 사태가 벌어졌습니다.

지금은 집의 아름다움에 대해 이야기하는 사람이 별로 없습니다. 그저 메이커와 평수로 가격을 환산하고 얼마나 고급 자재로 인테리어를 잘했는가에 만족합니다. 대형건설 회사에서는 이러한 사람들의 심리를 이용하여 돈이 되는 곳이라면 수단과 방법을 가리지 않고 개발의 논리를 들이댑니다. 돌아보면 '용산참사'라는 비극은 개발을 통해 이익을 보려는 자와 가지고 있는 것을 빼앗기지 않으려는 자의 싸움이었습니다. 여기에는 복합적인 이유들이 내포되어 있겠지만 가장 큰 문제점은 불합리한 도시재개발 관련법과 제도들입니다.

집의 사전적 의미는 사람이 편하게 살기 위하여 지은 건물이라

고 되어있습니다. 프랑스의 건축가 르코르뷔지에는 "집에는 혼(魂)이 있다."고 하였고 고대 희랍의 철학가 헤라클레이토스는 "거처(居處)는 인간의 신이다."라고 까지 말했지요.

부산은 지금 주거형태의 다양함이나 도시 전체의 미적 조화 등은 전혀 고려되지 않은 채 층수를 헤기 어려운 아파트 일색의 건축물이 난립하고 있습니다. 나는 118개의 주택가가 차례차례 없어지고 그 자리에 고층 아파트가 들어서는 이 도시를 상상하면 무서워집니다. 단절과 통제가 상상을 뛰어넘는 획일화된 주거 공간, 이제 대부분의 사람들은 그런 곳에서 살기를 희망합니다.

며칠 전 구미에 있는 어느 원룸에서 30대 초반의 젊은 아버지와 어린 아들의 주검이 두 달 만에 발견되었다는 기사를 읽었습니다. 주택구조가 달라지면서 이웃이 점점 사라지고 있습니다. 그리고 이제는 사람 살아가는 이야기를 사람끼리 주고받는 것보다 텔레비전이나 휴대폰으로 전해 듣는 시대입니다. 그들 부자를 위해 아무것도 할 수 없었던 나는, 하지 못했던 우리는 소통 부재의 건축물에 대해서 한 번쯤 이의를 제기할 정신마저 놓아버린 것은 아닐까요.

집들이

집은 비와 바람을 피할 수 있는 공간이지만 성공의 상징이 된지도 오래되었습니다. 그래서 거처를 늘리거나 나은 곳으로 이사를 하면 주변 사람들이 축하를 해주기 마련이지요. 하지만 살다 보면 자신의 바람이나 의지와 다르게 옮겨 다닐 수밖에 없는 경우도 많습니다. 나는 남루한 이삿짐을 끌고 여기저기 떠돌아다니면서 현실이 호락호락하지 않다는 것을 직접 몸으로 겪었습니다. 첫 살림을 시작한 사글셋방에서는 자기 며느리와 비슷한 시기에 임신을 했다는 이유로 방을 비워야 했습니다. 집주인 할머니가 겁내던 액운들을 내가 모두 가지고 왔던지 궁핍한 생활이 오랫동안 계속되었습니다. 남편은 직장을 그만두어야 할 정도로 건강이 나빠지고 아이까지 태어나니 슬레이트 지붕의 단칸방도 감지덕지할 정도였습니다. 젊을 때 고생은 사서라도 한다거나 돈 걱정이 가장 편한 고생이라는 말들은 전혀 위로가 되지 못했습니다. 금전적으로 겪는 불편 끝에는 자존심이 여지없이 무너지고 절망과 두려움이 따랐습니다. 나는 직업에 귀천이 없다는 말뜻을 일찌감치 터득하였고 고단한 육신은 꿈이나 희망처럼 돈이 들어가지 않는 것으로 달랬습니다. 내 꿈은 남편이 건강을 되찾아 최소한의 생활비를 벌어오는 것이었습니다. 그 꿈을 지탱하게 하는 힘이 글쓰기였으니 문학은 유일한 버팀목이었습니다. 그런데 어느 날부터 내가 꾸던 꿈들이 하나씩 현실에 나타나기 시작했습니다. 마치 콩 심은 곳에 콩이 나고 팥을 심은 곳에 팥이 나는 이치와 똑같아서 나쁜 생각을 하기가 무서울 정도였습니다. 지천명에 이르러 오랫동안 내 머릿속에 들어 있었던 빨간 벽돌로 지은 이층집이 실제로 모습을 드러내었습니다. 대문에 우리 가족의 이름이 모두 들어간 문패를 달면서 그 기쁨을 표현하는 방법으로 이웃에 시루떡을 돌렸고 집들이를 스무 번 정도 했습니다.

만덕동 집을 빼앗기는 과정 중에 남편의 고향 부근인 고등골 마을에 전원주택을 지었습니다. 죽어서 저승에 갔을 때 집을 세 번 지어봤다고 하면 염라대왕이 바로 극락행 도장을 찍어준다는 말이 있습니다. 그만큼 집 짓는 과정에 마음 상할 일이 많다는 뜻이겠지만 나는 그 일이 무척 재미있었습니다. 목수는 소설공부를 하고 있는 후배였는데 자기가 살 집을 짓는 것 이상으로 정성을 기울였지요. 그러나 막상 이사를 하고 보니 예상치 못했던 어려움들이 기다리고 있었습니다. 부산에서 태어나고 성장해온 나에게 시골생활은 상상했던 것보다 힘이 들었습니다. 엎친 데 덮친다는 말이 있는 것처럼 사업이 부진해지면서 경제적인 어려움까지 다시 시작되었습니다. 우리는 서로 네 탓이니 내 탓이니 하면서 싸우기 시작했고 이사를 잘못했다거나 집터가 세다거나 얼마 버티지 못하고 도시로 내려올 거라고 쑥덕거리는 소리도 들렸습니다. 나는 그런 소문들이 기우였다는 것을 보여주기 위해서 이를 악물었습니다. 그러던 어느 날 문득 지옥이 따로 있는 것이 아니라 내가 만들고 있다는 생각이 들었습니다. 남편의 입장이 조금 이해되면서 모든 기반이 부산에 있으니 나보다 더 힘들겠다는 생각이 들었습니다. 그리고 비로소 그는 결코 만덕동을 떠날 수 없는 사람이라는 사실을 깨달았지요. 우여곡절 끝에 보상받은 돈으로 그린벨트 지역인 사기마을에 지은 지 30년이 넘은 주택을 구입하여 새로 짓다시피 수리를 했습니다. 개발의 소용돌이 속에서 용케 살아남은 이 집은 결점이 많지만 내가 전생에 만덕사에서 공양주 노릇을 한 공덕이라도 있었던지 편안했습니다. 나는 지금 그렇게 두 집을 오가면서 이번 생에는 아마도 집을 화두로 공부하라는 모양이라고 여기며 호사를 누리고 있습니다. 그러나 그 호사를 누리기 위해서 들어가는 경비와 노동이 만만치 않았습니다. 나를 아끼는 주변 사람들은 아파트에 살면 편안할 텐데 왜 사서 고생하느냐고 안타까워합니다. 그럴 때면 빗소리가 듣고 싶어서, 라고 궁색한 대답을 하며 웃어넘깁니다.

작년 초여름 딸아이가 십 년 가까이 살던 해운대를 떠나 구서동쪽으로 이사를 했습니다. 층간소음을 의식하여 발꿈치를 세우고 다니는 아이들을 더 이상 볼 수 없다는 것이었습니다. 어릴 때부터 주택에서 살아온 딸에게 고층 아파트는 보금자리가 아니라 탈출의 대상이 된 것처럼 보였습니다. 딸은 한 때 내가 그랬던 것처럼 집지을 땅을 찾아 시내 곳곳을 돌아다녔습니다. 주택에서 한 번도 살아본 적이 없는 사위는 그런 아내가 버거운 모양이었지만 타협점을 찾은 것 같았습니다. 결론적으로 딸은 주택에 대한 환상을 접고 주택이나 다름없는 아파트 일 층으로 이사를 했습니다. 새집에서 살림살이를 챙기는 딸을 보니 문득 옛날 일이 생각났습니다. 만덕에 이사 오던 날 시어머니와 외삼촌 내외분이 오셔서 안방에서 하룻밤을 주무셨지요. 아마 나이 많은 사람들이 집터를 지키는 신에게 잘 돌봐 달라고 인사를 드리는 것 같았습니다. 우리 부부도 딸의 집 안 방에서 하룻밤을 잤고 다음 날 아침, 어머니께서 내게 하셨던 것처럼 덕담을 건넸습니다.

"야야, 집이 순해서 잠을 아주 달게 잤구나."

"그런데 이웃 사람들에게 어떻게 인사를 해야 할지 모르겠네요."

딸은 자신이 먼저 사람들에게 다가가려고 마음을 먹은 것 같았습니다. 둘이서 궁리해 보았지만 같은 동에 사는 사십여 가구에 부담 없이 인사할 수 있는 선물을 찾기가 쉽지 않았습니다. 그러던 어느 날 10리디 쓰레기봉투를 열 장씩 돌리기로 했다면서 나에게 도움을 청했습니다. 날을 받아 우리는 쓰레기봉투를 리본으로 묶는 작업을 시작했는데 딸은 일일이 손편지를 썼습니다.

"안녕하세요, 6월 5일에 이사 온 102호 가족입니다. 긴 시간 계속된 리모델링 공사로 불편을 드려서 죄송합니다. 앞으로 좋은 이웃으로 살기 위해서 노력하겠습니다. 고맙습니다. 507동 102호 드림"

"야야, 그냥 복사를 해서 붙이면 안 되겠나?"

고개를 가로젓는 딸의 양 볼이 발갛게 물들어 있는 것을 보니 내가 더 신이 났습니다. 며칠 뒤 동네 사람들의 반응이 어떻더냐고 물었더니 쓰레기봉투를 잘 쓰고 있다면서 먼저 말을 거는 사람들이 많다고 좋아했습니다. 집들이는 어떻게 할 거냐 했더니 요즘은 밖에서 식사를 하고 집에서는 간단하게 후식과 차를 마시기 때문에 신경 쓰지 않아도 된다고 했습니다. 우리가 처음으로 집을 사고 집들이를 할 때는 밤늦도록 젓가락 장단에 노래를 부르며 놀았었고 만덕집에서는 후식 끝에 번번이 노래방으로 몰려가 신명을 풀었던 기억이 떠올랐습니다. 좋은 보금자리를 마련하고 가까운 사람들과 기쁨을 나누는 방식이 달라지고 있구나 싶었습니다.

자
수
정
의
땅

땅이라는 말을 입에 올리면 여러 가지 이미지가 떠오릅니다. 명의로 불리던 인산 김일훈 선생은 지구를 인체에 비유하면서 한국은 두개골 부위에 해당될 정도로 땅이 좋기 때문에 약초의 효과가 뛰어나다고 했습니다. 세계의 평화를 위해 기도한다는 비전 명상가 한바다 씨도 한국 땅을 예찬하는 사람입니다. 하지만 땅이 사람의 영감과 상상력에도 작용을 한다는 말에는 고개가 갸웃거려졌습니다. 그는 고구려의 영토였던 홍안령의 기운이 태백산맥의 꽁지 뼈에 해당되는 방어진 부근에서 마무리된다고 했습니다. 특히 언양은 바탕이 자수정 광맥으로 형성되어 있고 그 위에 질 좋은 황토가

덮여 있어서 사람에게 아주 좋은 영향을 준다는 것입니다. 그리스와 로마 시대 사람들은 자수정을 두고 명료함과 강직함이 생겨나서 불행이나 악에 대항하는 힘이 길러진다고 믿으며 몸에 지녔다고 합니다. 아시다시피 언양에서 생산되는 자수정은 세계에서 가장 진한 색상과 높은 투명도를 자랑합니다. 광산은 오래전에 문을 닫았지만 폐광을 놀이 공간으로 만들어 새삼스럽게 유명해졌지요.

미국 애리조나 주에 있는 세도나는 사막에서 핀 꽃이라고 불리는데 전 세계 명상가들이 영적 영감을 얻기 위해 모여드는 곳으로 유명합니다. 그러고 보면 땅이 인체나 정신에 영향을 주는 것이 분명해 보입니다.

암각화가 있는 반구대도 예사로운 곳이 아닙니다. 경주로 가는 국도를 달리다가 반곡초등학교를 조금 지나 오른쪽으로 꺾어 들면 먼지가 풀풀 날리는 비포장 길이 나타났습니다. 지금은 포장이 되어서 그 정취가 반감되었지만 이 길에 들어서면 마치 타임머신을 타고 선사 시대로 옮아가는 느낌이 들었지요. 한실마을에 여벌 집을 한 채 가지는 바람에 나는 반구대에 자주 드나들게 되었습니다. 울산 지역 공업용수를 공급하기 위해 댐을 조성하는 바람에 원래의 모습을 잃었지만 처음 반구대를 찾아갔을 때만 해도 마음만 먹으면 고래 그림이 실감 나는 바위 앞까지 쉽게 접근할 수 있었습니다.

어느 여름날 새벽에 사연 댐을 가로질러 암각화 앞까지 걸어간 적이 있었습니다. 수몰된 한실마을이 고스란히 드러나 있었는데 백여 가구가 살았을 만큼 큰 동네였다는 것을 그때 보았습니다. 대곡초등학교를 둘러싼 탱자나무 울타리는 빳빳하게 서서 여전히 운동장을 감싸고 있었어요. 반세기 전까지만 해도 사람들로 흥성했을 빈 마을을 지나니 부드러운 진흙 위에 한 뼘 정도로 자란 냉이가 초원을 이루고 있었습니다. 맨발로 그 위를 걸어가니 마치 시공을 초월해 버린 듯 몸이 가벼워졌습니다. 다음 날부터 연이어 비가 내리는 바람에 그 모습들은 꿈결처럼 다시 물속으로 사라지고 말았습니다.

신라 화랑들이 수련 장소로 이용했다는 천전리 각석 주변 또한 태곳적 비경이 신비롭습니다. 바위 면에 추상적으로 새겨져 있는 기하학적 무늬와 동물, 샤먼의 얼굴은 많은 상상력을 불러일으킵니다. 게다가 삼백 개가 넘는 글자들은 법흥왕이 왕비와 함께 다녀가면서 새겨놓은 것으로 호세, 수품 등 화랑들의 이름도 보입니다. 경주 수오재에 사는 기행작가 이재호 씨가 〈천년고도를 걷는 즐거움〉이라는 책에 법흥왕이 어릴 때 천전리에 와서 기운을 받은 탓에 왕이 되었다고 표현하는 바람에 몇몇 대통령 후보들이 은밀하게 다녀갔다는 후문이 들리기도 했습니다.

언양하면 작괘천 계곡 또한 빼놓을 수 없지요. 바위 모양이 마치 술잔을 걸어 놓은 듯하여 붙여진 이름처럼 물살에 닳고 닳은 반석들은 찬탄을 불러일으킵니다. 조선조 지방의 학자들이 세종대왕을 사모하며 작천정이라는 이름을 붙였다는데 많은 시인 묵객들이 그곳 정자에서 시를 짓고 풍류를 즐겼다고 하지요.

언양을 중심으로 통도사와 내원사, 운문사와 석남사 등 큰 사찰들이 자리 잡고 있는 것은 아마도 고승들이 이 일대의 지기를 알아보았기 때문일 거라고 짐작합니다.

읍 소재지인 언양에도 고속철도 역사가 들어서는 바람에 개발의 바람이 몰아치고 있습니다. 부동산 간판이 늘어나는 만큼 땅값도 많이 올랐다고 하네요. IMF 사태가 태풍처럼 전국에 몰아치던 다음 해 남편의 고향 친구가 고등골 땅을 우리에게 소개했습니다. 나는 매일 아랫돌 빼서 웃돌 고이는 회사 살림에 여윳돈이 어디 있느냐고 고개를 저었습니다. 순간 남편이 시퍼렇게 성을 내면서 소리를 질렀습니다. 친구 부인들은 땅을 사고팔아 잘도 돈을 불리던데 당신 같은 가똑똑이와 살다가는 속이 터져 죽겠다면서 주먹으로 자기 가슴을 마구 쳤습니다. 저러다가 병나겠다 싶어서 있는 돈 없는 돈을 다 끌어모아서 고등골 땅을 사게 되었지요. 남편은 가끔 자기가 선견지명이 있었다고 큰소리를 치지만 나는 역설적으로 내가 땅 욕심을 부리지 않았기 때문에 이렇게 넓고 아름다운 땅이 우리에게 주어졌다고 생각합니다.

그리스 신화에 나오는 대지의 여신인 가이아는 뭇 생명을 키우는 어머니로 불립니다. 지구를 최적 조건을 유지하기 위해 스스로 변화하고 조정을 해나가는 거대한 생명체로 보는 것이지요. 지금 인간들의 땅에 대한 파괴력은 도를 넘어선 지 오래되었고 스스로 멈출 수 없는 지경에 이르렀습니다. 그래서 나는 자본주의 이데올로기야말로 가장 실패한 사상이라는 어느 철학자의 말에 전적으로 공감합니다. 서로 땅을 차지하기 위해 수천 년 동안 온갖 전쟁들이 계속되었지만 소유주만 바뀌있을 뿐 땅 지체가 손상당한 일은 거의 없었기 때문입니다.

경주에 지진이 일어났을 때 나는 재난에 속수무책이 될 수밖에 없는 인간의 한계를 직접 경험했습니다. 꿍음과 함께 거실 중앙에 달린 등이 흔들흔들 그네를 타고 마루는 물결쳤습니다. 천장과 외벽에서 흙과 타일이 떨어지고 금이 가는 바람에 한동안 집에 들어가기가 무서웠습니다. 대형 가스통이 폭발한 줄 알고 119에 전화를 했더니 지진이 일어났다면서 건물 안으로 들어가지 말라고 했습니다.

처음 겪는 재난 끝으로 나는 가끔 인간들이 지구의 겉 면에 해충처럼 들러붙어서 피를 빨고 살을 발개먹는 모습을 상상할 때가 있습니다. 한 치 앞을 모르는 우리가 거대한 지구 내부의 생김새와 움직임을 어찌 자세하게 알 수 있겠습니까마는 갈수록 지구가 살아 움직이는 생명체라는 사실에 무게가 실리는 그런 나날입니다.

언양장, 빈자리 하나

언양에는 오일장이 서는데 그 규모가 만만치 않습니다. 아직도 풀무질을 해서 농기구를 만드는 대장간이 있고 뱀과 지네와 말린 개구리 등을 만병통치약으로 선전하며 파는 약장수도 있습니다. 손수 키운 콩나물 독을 안고 있는 할머니들도 열 명 정도 있고 뻥튀기 가게도 서너 개나 됩니다. 난장 싸전에는 온갖 잡곡이 가득하고 곳곳에 자리 잡은 방앗간에는 참기름이나 고추 빻는 삯이 저렴해서 부산, 울산 사람들까지 장을 보러옵니다. 거기다가 남천 강변 따라 열리는 꽃시장이 한몫을 거들지요.

장날이 되면 고등골 사람들은 크게 볼 일이 없어도 장으로 몰려

갑니다. 나이든 남자들은 골목 안에 있는 오래된 식당에 모여앉아 누구네 집에 잔치가 있는지 누구네 집의 소가 얼마에 팔려나갔는지 세세한 정보들을 술잔과 함께 나눕니다. 그리고 해 질 녘이 되면 노을처럼 불콰해진 얼굴로 돌아오지요. 나도 장날마다 살 것이 없어도 남들 따라 장으로 나갔습니다. 어머니 방에 둘 옥색 사기요강과 대나무로 만든 소쿠리와 싸리 빗자루, 바느질할 무명실과 장독아가리를 묶을 고무줄, 파리채와 검정고무신 등을 사다 나르다 보면 일 년이 금방 지나갔습니다.

한때는 장날마다 버스터미널 담벼락에서 푸성귀를 팔고 있는 시외숙모님을 만날 수 있었습니다. 반 평 남짓한 자리에 채소 나부랭이들을 오밀조밀 펼쳐놓고 손님을 기다리고 있었지요. 다 팔아봐야 얼마나 될까 싶지만 외숙모님의 속주머니는 항상 넉넉했습니다. 한동네 살고 있는 아주버님은 외숙모가 술을 많이 마신다고 싫은 티를 냈지만 나는 두 분이 집에 오시면 맨발로 뛰어나갈 정도로 반겼습니다. 어머니가 계시니 외삼촌은 수시로 누나를 보러 오셨습니다.

"누님요, 몸은 어떤교?"

"내야 맨 날 그렇고 그렇지, 동생은 좀 어떠신가?"

두 분께서 손을 맞잡고 서로를 챙기는 모습이 참 보기 좋았습니다. 그런데 내가 이사 간 지 일 년도 되지 않아서 외삼촌이 갑자기 급성 폐렴 증세로 입원했다는 소식이 들렸습니다. 이틀 전에 오토바이를 타고 와서 밤늦도록 놀다 갔는데 마지막으로 누나를 보러온 것 같았습니다. 외삼촌이 돌아가신 뒤 혼자 남겨진 외숙모가 매일 술을 마시면서 운다는 소문이 들려왔습니다. 어머니와 나는 한숨만 푹푹 쉴 뿐 한동안 나눌 말이 없었습니다.

어느 날 외숙모가 고구마 순을 한 묶음 가지고 우리 집에 왔습니다. 고구마를 심어본 적이 없는 내가 이파리를 따려고 들자 못미더운지 모두 심어주셨습니다. 아기를 다루는 것처럼 맨손으로 흙을 살살 덮어주는 것을 보며

"세상에, 우리 외숙모는 고구마 줄기 심는 선생이네요!"

하며 감탄을 했더니 갈퀴가 된 손을 숨기면서 부끄러워했습니다.

"맞다, 너는 글 선생이고 나는 농사 선생이다."

그날 외숙모는 기분이 좋았는지 '여자의 일생'과 '흑산도 아가씨' 등 이미자 노래를 구성지게 불렀습니다. 그러다가 어느 순간 갑자기 호미를 내던지더니 뻗정다리를 하면서 소리 내어 우시는 것입

니다.

"아이고 질부야, 내가 몬 살겠다, 집 안 구석구석 너거 외삼촌이 눈에 밟혀서 참말로 몬 살겠다. 보고 싶어 몬 살겠다."

술을 더 들게 했지만 좀체 그쳐지지 않았습니다. 그런 일이 있은 뒤 일 년쯤 지나서 외숙모도 폐렴 증상으로 외삼촌이 돌아가신 그 병원 중환자실에서 보름 만에 세상을 떠났습니다. 금슬이 좋은 부부는 저승길도 금방 따라간다는 말이 있는데 아마 이별의 슬픔이 감당할 수 없을 정도로 크고 깊기 때문일 것입니다. 나를 유난히 어여쁘게 여기시던 두 분이 그렇게 황망하게 가시고 나니 등을 기대던 언덕이 일시에 무너져 내린 것처럼 슬프고 외로웠습니다.

장에 가서 콩나물부터 샀습니다. 그런 다음이면 우리 발길은 저절로 외숙모가 장사하던 자리로 향합니다.

"이 할마시는 어데로 갔노? 오늘이 7일인 줄 모르는가베?"

남편이 하는 혼잣말을 들으면서 빈자리를 가만히 바라보았습니다.

그래요, 언제부터 장이 서기 시작했는지 알 수 없지만 사람들 사이에 말없이 생겨난 약속이 있었겠지요. 그 약속 하나 믿고 누군가가 무언가를 들고 와서 돈으로 바꾸던 그 자리에 우리 외숙모도 잠시 앉아 있었을 뿐이라고, 시간이 흐르면 또 다른 누군가가 그 자리에서 무언가를 팔거나 사고 있을 것이라고 생각해도 두 분을 보고 싶은 마음은 갈수록 깊어져 갔습니다.

새집을 지었다고 동네잔치를 벌였던 외삼촌 집에는 지금 외사촌 시동생 부부가 들어와 살고 있습니다. 성격이 좋은 시동생은 혼자 사는 동네 아지매들 모내기부터 해주고 맨 나중에 자기 모를 심는 사람입니다. 외삼촌처럼 장난기가 많고 외숙모처럼 술도 잘하는 시동생은 가끔 경운기나 트랙터를 몰고 나를 도와주러 옵니다. 논이나 밭을 갈아주고 잘 삭은 소똥 거름을 뿌려준 뒤 술도 한잔하고 갑니다.

"형수요, 엄마 아부지가 영 집에 올 생각을 안 하네, 오는 길을 이자뿟나?"

우스개처럼 말하지만 시동생의 눈자위는 벌겋게 물들고 남편은 컥컥 헛기침을 합니다.

지난 장에는 동서가 남아도는 푸성귀를 들고 장에 갔다고 했습니다. 그리고 시어머니가 앉았던 자리에서 채소와 잡곡들을 팔았는데 생각보다 수입이 짭짤하다면서 재미있어하더랍니다. 다음 장을 기다려 찾아갔더니 동서가 억지로 검정 쌀을 한 되 넣어주었어요. 한동안 비어있던 그 자리는 이제 외삼촌을 닮은 아이를 셋이나 낳아 기르는 젊은 여인의 차지가 되었습니다. 외삼촌이 그랬던 것처럼 시동생은 아내가 팔 물건들을 오토바이로 실어다 주었을 것이고 파장이 되면 뒷좌석에 태워서 돌아왔을 것입니다.

8월에 접어들면서 장이 한산해졌습니다. 이렇게 날씨가 더울 때는 콩나물이 보이지 않지만 달력에 2일, 7일이 붙은 날이 몇 개만 지나가면 그 골목에는 곱게 기른 콩나물 단지를 보물처럼 안고 앉아있는 할머니들을 볼 수 있을 것입니다. 그리고 나는 주전부리를 하면서 이 골목 저 골목을 기웃거리고 다닐 것입니다.

민물 매운탕

언양은 한우로 유명한 고장이지만 막상 음식 이야기가 나오면 민물 매운탕이 주류를 이룹니다. 남편 친구들이 모이는 날이면 매운탕 이야기가 빠지는 법이 없는데 항상 느끼지만 사람들은 매운탕보다 추억이라는 양념을 더 즐기는 것 같았습니다. 어느 개울에 어떤 종류의 물고기가 살고 있으며 어떤 고기는 어떤 방법으로 잡아야하는지 과장된 정보들을 서로 나누는데 익히 들어서 알고 있는 이야기를 태어나서 처음으로 하는 것처럼 실감 나게 주고 받습니다. 그리고 결론은 늘 물고기를 잡을 수 있는 곳이 없어져 간다고 한탄하는 것으로 마무리됩니다. 민물 매운탕을 전문으로 파는 식당에서는 어차피 양식한 고기로 만들기 마련이지만 그래도 우리 동네에서는 아직도 자연산 민물고기로 매운탕을 만들어 먹을 수 있으니 고맙고 신기한 일입니다. 작은 고기들이 살아갈 수 있을 만큼 하천들이 깨끗하다는 증거고 자연의 품이 그만큼 넓고 크다는 뜻도 되겠지요. 그러나 냇가에서 고기를 잡아 매운탕을 끓여 먹는 이 소박한 즐거움을 언제까지 누릴 수 있을지 모르겠습니다.

시집온 지 얼마 되지 않은 어느 여름날 외삼촌과 형님 가족들과 마을 아래 옹태 골짜기에 피서를 간 적이 있었습니다. 경운기에 솥과 그릇이며 온갖 먹을 것을 싣고 피난민들처럼 떼를 지어 몰려갔습니다. 남정네들이 작은 물고기 몇 마리 잡겠다고 물길을 막고 웅덩이에 고인 물을 퍼내는 모습이 얼마나 재미가 있었던지요. 엄청난 노동 끝에 겨우 손가락만 한 물고기를 몇 마리 잡아서 물을 한 말 가까이 붓고 끓이니 그야말로 피라미들이 목욕을 하는 수준이었습니다. 된장을 조금 푼 물에 무를 빚어 넣고 팔팔 끓인 다음에 물고기와 고춧가루, 파와 부추, 비벼서 푸른 물을 뺀 호박잎과 다진 마늘과 매운 고추 등등을 넣으니 맛있는 냄새가 골짜기에 가득했습니다. 마지막으로 방아 잎과 산초를 찧어서 넣으니 그 독특한 향이 입맛을 확 돌게 했어요. 외숙모와 형님이 온갖 잔소리와 간섭을 주고받으며 전쟁을 벌이는 수준으로 만든 매운탕은 기가 막혔습니다. 푹푹 찌는 더위에 뜨거운 매운탕과 막걸리를 마신 사람들 못지않게 뙤약볕에 종일 익어버린 내 얼굴도 가지고 간 술을 혼자 다 마신 것처럼 벌겋게 달아올랐습니다.

이웃에 사는 희용 씨가 살아있는 미꾸라지를 통에 담아 들고 왔습니다.

"오늘 아침에 우리 논에서 잡은 거다."

어깨에 힘을 잔뜩 넣은 것을 보니 큰 선심을 쓰는 것이 분명했습니다. 마침 그날은 사촌 형님 내외분이 와 있어서 추어탕을 끓이기로 했습니다. 소금으로 충분히 진을 뺀 뒤에 무르도록 삶아서 뼈를 걸러내고 무청 시래기와 부추와 애호박을 썰어 넣고 마늘과 고추도 넉넉하게 다졌습니다. 그리고 약이 오르기 시작한 산초와 방아를 따다가 넣었지요. 남편과 사촌 아주버님은 아니나 다를까 민물고기 찬양론을 펼치기 시작했습니다. 언양은 물과 토질이 좋아서 맛이 다르다는 얘기 끝으로 고기를 잡으러 가자는 말이 나오더니 된장과 깨소금을 섞어 밑밥을 만든 뒤 마을 뒤편에 있는 저수지로 갔습니다. 통발을 놓고 온 남편의 얼굴은 희망으로 가득 차 있었지만 나는 실력을 아는 터라 기대하지 않았습니다. 그는 먹을 줄은 알지만 잡는 기술은 전혀 없는 사람이거든요.

아이들이 어릴 때 양산에서 장사를 하며 5년 정도 살았던 적이 있었습니다. 어곡과 북정공단이 조성되기 전이라 이웃 사람들은 양산천에서 가물치며 붕어와 장어를 심심찮게 잡아왔습니다. 하루는 자기도 고기를 잡아오겠다면서 미꾸라지를 사다가 낚싯바늘에 꿰어 담가놓고 왔는데 다음 날 놀랍게도 팔뚝 길이만 한 뱀장어를 한 마리 건져왔습니다. 처음 가서 한 마리 잡아 올 정도면 고기가 엄청 많다는 뜻이니 본격적으로 잡아서 몸보신을 하자고, 어머니께도 보내드리고 남은 것은 팔아서 돈을 만들 수도 있을 거라고 부추겼습니다. 그런데 다음 날부터는 빈손으로 돌아왔어요. 낚싯줄을 늘였지만 미끼만 빼앗겼다면서 애달아 오는 날이 계속되었지만 우리는 포기하지 않았습니다.

"두고 봐라, 내일은 꼭 잡아 올 거니까..."

커다란 대야에 홀로 담겨 있던 뱀장어는 자꾸만 몸피가 줄어들고 미끼로 쓸 미꾸라지 값은 매일 들어가는 판이라 드디어 제동을 걸었습니다.

"아이고, 아무래도 저 장어가 눈이 어두워서 당신에게 잡힌 것 같소."

그래도 의지를 꺾지 않고 이틀 동안 더 동당걸음을 치던 남편은 결국 두 손을 들고 말았습니다. 더 사다 보탤 돈이 없어서 달랑 한 마리를 솥에 넣으면서 보니까 장어의 두 눈에 허옇게 백태가 끼어 있었어요.

"오마나, 이 장어가 정말 눈이 멀었네."

내가 놀라서 소리를 질렀더니 남편이 고개를 끄덕이며 혼잣말을 했어요.

"에구, 그러니까 내게 잡혔겠지..."

그래도 나는 고기를 잡지 못한다고 남편을 구박한 적이 없습니다. 잡을 줄은 몰라도 먹을 복이 있어서 매운탕 거리가 늘 생기니까요. 그날도 사촌 아주버님과 한바탕 난리를 피웠지만 허탕을 쳤다는데 그물로 고기를 잡아 오던 친구를 만나서 민물 새우까지 넉넉하게 얻었다고 했습니다. 새우가 몇 마리 들어가면 매운탕 맛이 확 달라진다는 것을 알게 됐을 만큼 내 솜씨도 늘었습니다. 처음에는 비린내 때문에 입에 대지 못했는데 워낙 민물고기를 좋아하는 사람과 살다 보니 조금씩 먹기 시작했습니다. 사람의 혀처럼 간사한 것이 없다더니 지금은 바닷고기로 끓인 매운탕은 싱겁고 비린내가 나니 참 이상한 일이지요.

패티 킴이 부르는 '구월의 노래'가 정겹게 들립니다. 이때쯤이면 언양 장에도 통통하게 살이 오른 자연산 미꾸라지가 보이기 시작할 터이지만 마을 사람들은 대부분이 양식이거나 수입산이 분명하다고 입방아를 찧습니다. 어쨌거나 벼가 누렇게 익어가기 시작하는 이 계절이 되면 고등골에도 집집마다 한 번쯤은 추어탕 냄새가 풍겨 나오고 사람들은 빨갛게 익어가는 산초 열매를 골라 따기 시작합니다.

우물들은 어디로 갔을까

텔레비전 속에서 물을 길으러 가는 아프리카 여인들을 보았습니다. 뜨거운 햇살을 받으며 사막 길을 걸어가 그녀들이 도착한 곳은 누런 흙탕물이 고여 있는 조그만 웅덩이였어요. 항아리에 그 물을 길어 머리에 이고 오는 장면을 보노라니 우리나라처럼 물이 흔하고 물맛이 좋은 곳이 어디 있을까 고마운 마음이 올라왔습니다. 어렸을 때 우리 가족들도 동네 우물에서 물을 길어다 먹었습니다. 작은 손에 두레박줄을 모아 쥐고 물을 퍼 올리면 힘이 들었지만 부엌에 있는 두무를 가득 채워 놓으면 마음이 든든했습니다. 여름철에는 양철 지붕에서 줄지어 떨어지는 물을 받아 마음대로 쓸 수 있어서 부자가 된 기분이었어요. 내가 유난히 비 오는 날을 좋아하고 낙숫물 소리에 행복해지는 이유가 여기서 비롯되었는지도 모르겠습니다. 손만 대면 찬물, 뜨거운 물을 마음대로 쓸 수 있는 편리한 시대를 살면서도 물에 대한 염려는 갈수록 높아지는 현실입니다. 돌아보면 80년대 후반까지만 해도 우리는 수돗물을 그대로 마셨지요. 그때는 물이 기름보다 비싸다는 중동 지역의 이야기가 그야말로 먼먼 남의 나라 일이었습니다.

고등골 집에는 지금도 마을 상수도 물을 받아먹는데 대나무밭 복판에 있는 작은 우물에서 나오는 물을 탱크에 모아 40여 가구에 공급하고 있습니다. 나는 집을 지으면서 따로 물탱크를 만들지 않았는데 물의 양이 워낙 많으니까 아예 만들 필요가 없다고 생각했었지요. 그런데 이사 온 지 일 년이 조금 지나서 마을 뒤쪽에 고속철도 공사가 시작되었습니다. 철도가 생긴다는 사실은 알고 있었지만 그 정도로 집 가까이 지나가는 줄은 정말 몰랐습니다. 조용하게 늘그막을 보내겠다고 시골로 왔는데 이게 무슨 꼴인가, 자세히 상황을 알아보지 않은 자신을 나무랐지만 이미 엎질러진 물이었어요.

어느 날 아침에 포클레인이 작업하는 소리와 함께 큰 나무들이 쓰러지는 소리가 들렸습니다. 마당으로 나가서 발돋움을 하고 올려다보니 우리 집 뒷산에 있는 소나무들이 하나둘 무너지는 것이 눈에 들어왔어요. 정신없이 산으로 올라갔더니 중턱에는 이미 작업차가 다닐 수 있는 임시 도로가 생겼고 나무를 베어내는 공사가 진행되고 있었습니다. 말이 통하지 않는 외국인 인부들을 가로막아 작업을 중단시키고 현장 책임자를 찾았습니다. 그리고 비로소 고속철도 공사가 본격적으로 시작되었다는 사실을 알았습니다. 나는 철로를 만드는데 그렇게 많은 면적의 땅이 필요하고 그렇게 많은 나무가 베어져 나가고 그렇게 많은 소음이 발생하는지 상상조차 하지 못했습니다. 공사로 인한 소음이 정상적인 생활을 할 수 없을 정도로 요란해도 국책사업 앞에서는 개인이 아무런 힘을 쓸 수 없다는 사실도 그때 알았습니다. 그런 와중에 부수적인 사업으로 우물과 물탱크를 철거한다는 소문이 들렸습니다. 시공 회사에 알아보았더니 대신 시수도가 들어오고 마을에 90만 원 정도의 보상금이 나온다고 했습니다. 수도가 들어오면 더 좋다는 마을 사람들을 설득하여 진정서를 넣는 것으로 우물을 살리기 위한 싸움이 시작되었습니다.

"아줌마요, 요즘 같은 세상에 우물물을 먹는 사람이 어디 있습니까. 지하수가 비위생적이라는 것을 알만해 보이는데 왜 자꾸 엉뚱한 소리를 합니까?"

"이 물은 지하수가 아니고 지표수거든요. 내가 수돗물 안 먹으려고 이 동네로 왔거든요."

그들은 나에게 언성을 높이고 나는 그들보다 더 큰 목소리로 기갈을 부렸습니다. 아무리 소리를 질러도 반응이 없던 그들은 내가 환경단체 회원들을 끌고 와서 공사장에 드러눕겠다고 협박을 하니까 흔들리는 기미를 보였습니다. 나는 그런 단체에 소속되거나 활동을 한 적은 없습니다. 하지만 자연은 한 번 파괴되면 복원하기 어렵다는 것과 생명체는 기계를 분해했다가 다시 조립해 쓰는 차원의 문제가 아니라는 것을 잘 알고 있었습니다. 온갖 실랑이 끝에 결국 우물은 없애더라도 물줄기를 아래로 빼서 살리는 방향으로 시도해 보겠다는 약속을 받아내었습니다.

집을 지을 때 물탱크를 만들지 않은 것을 나날이 후회하는 중에도 그럭저럭 시간은 흐르고 지긋지긋하던 공사도 끝났습니다. 그동안 꼭지를 틀면 바람 소리만 나는 상태로 일주일을 보낸 적도 있고 흙탕물이 쏟아져서 소방차가 싣고 온 물을 배급받는 경우도 많았습니다. 공사는 2년여 만에 마무리 되었지만 뒷산에 새로 만든 대형 물탱크를 우려내는 작업이 몇 달 더 계속되었습니다. 다행히 물맛은 조금 떨어져도 양은 예전과 다름없이 풍부했습니다. 나는 마치 죽기 직전에 있던 사람을 살려낸 것 같아서 가슴이 뿌듯했습니다.

나는 지금도 우물을 처음 만났던 순간을 기억하고 있습니다. 찾는 사람이 거의 없는 대숲은 조금 어두웠고 댓잎 사이를 뚫고 들어오는 햇살은 눈이 부셨습니다. 세월의 길이를 가늠할 수 없는 초록색 이끼가 우물을 감싸 안고 있었고 주변은 성스러울 정도로 고요했을 것입니다. 손잡이가 달린 낡은 플라스틱 바가지로 물을 떠서 마셨을 때 나온 탄성에 작은 새 몇 마리가 한꺼번에 날아올랐습니다. 어쩌면 우물은 그때부터 나를 기억하고 있었는지 모릅니다. 이 마을에서 대대로 살아온 사람들을 두고 굴러온 돌멩이나 다름없는 내가 그 일에 앞장섰던 것을 보면요.

나는 집을 지을 때 마당 곳곳에 수도꼭지를 만들었습니다. 일을 하다가 꼭지에 입을 대고 물을 받아 마시거나 밥을 짓고 국을 끓이면서 살아있는 물을 먹고 있다는 생각에 공연히 어깨를 으쓱거릴 때도 있습니다. 장마철이면 가끔 나무 썩은 찌꺼기가 섞여 나올 때도 있지만 별로 상관하지 않습니다. 물이 내 비위를 맞추는 것인지 내 몸이 물에 적응한 것인지 배탈이 난 적도 없습니다. 돌아보면 사람들이 사는 마을에는 반드시 우물이 있었고 누가 부르지 않아도 저절로 우물가로 모여들었습니다. 물의 성질이 낮은 곳으로 길을 만들며 가는 것이라면 사람의 근본도 이와 다를 것이 없겠지요. 물은 모든 생명의 원천이고 우물은 그 원천을 담은 작은 그릇으로 계속 퍼 쓰지 않으면 썩거나 말라버리는 속성이 있습니다. 마치 아기가 빨지 않으면 젖줄기가 말라버리는 엄마의 가슴처럼 말입니다.

가끔 그 많았던 우물들은 모두 어디로 갔을까 생각해 봅니다. 나는 정말 궁금합니다. 우리를 먹여 살리던 그 귀한 물줄기는 지금 어디에 숨어있는 걸까요?

나무를 위하여

고등골 마을에는 군데군데 작은 숲이 있고 잘 생긴 소나무들도 많습니다. 우리 집 뒤 언덕에는 아름드리 소나무가 몇 그루 있는데 30여 년 전까지만 해도 정월 대보름날 당산제를 지냈다고 합니다. 우리가 이사 올 때만 해도 집 주변에 농사 짓는 밭이 많았는데 대부분 묵정밭이 되거나 대나무나 억새가 차지해버렸으니 강산이 변한다는 말이 실감 납니다. 집 앞에 있는 잘생긴 소나무도 몇 그루 죽어 나갔습니다. 자연스럽게 죽었다면 애달프게 생각할 필요가 없겠지만 사람들의 이기심 때문이었으니 내 속이 많이 상했습니다.

어느 이른 봄날 한 젊은 남자가 음료수 한 박스를 들고 우리 집을 찾아왔습니다. 건너편 언덕에 할아버지와 할머니의 산소가 있는데 개울 쪽으로 흙이 무너지고 있어서 석축을 쌓으려 한다는 것이었습니다. 결론적으로 포클레인이 작업 할 수 있는 길이 필요한데 우리 밭을 사용할 수 있도록 부탁을 하러 왔던 것입니다. 나는 순순히 허락했고 공사를 하는 동안 마실 물을 떠다 주거나 커피 대접도 착실하게 했습니다. 그런데 공사가 끝난 뒤로는 벌초를 하러 와도 모른 척하는 것입니다. 화장실에 들어갈 때와 나올 때 다르다더니 저런 경우를 두고 생겨난 말이구나 싶어서 입맛이 씁쓸해졌습니다. 겨울에 접어들자 무덤 가까이 있는 소나무 잎이 누렇게 말라 들어가기 시작했습니다. 재선충에 걸린 것 같아서 군청에 연락했더니 직원들이 와서 나무 조각을 떼서 샘플로 가져가는 작업을 했습니다. 내가 재선충이면 어떻게 하느냐고 걱정했더니

"아이고, 아지매요, 딱 보면 모르겠능교?"

하며 웃는 것입니다. 그러고는 가끔 무덤가에 있는 나무를 죽이는 일이 있는데 이 경우도 고의로 약을 바른 것 같다면서 귀띔을 해주었습니다. 문득 남자가 하던 말이 생각났습니다. 할머니가 생전에 추위를 많이 탔는데 무덤이 그늘에 가려있으니 마음에 걸린다고 했었거든요, 소나무를 죽이려고 마음을 먹고부터는 나를 똑바로

볼 수 없었을 거라고 생각하니 비로소 피하던 이유를 알 것 같았습니다. 그 소나무들은 먹을 것을 제공하지는 않지만 나에게는 정신적인 의지처였습니다. 시골 생활에 뿌리 내리기 위하여 고군분투하는 나에게 참으로 많은 위안을 주었거든요. 하지만 그의 소행이라는 증거가 없고 설령 알아내었다 하더라도 처벌할 기준이 애매하다니 시시비비를 가릴 수도 없었습니다. 그는 산소 주변에 있는 소나무들을 모두 죽여 버리기로 작정했는지 그 뒤로도 무덤가에 있던 소나무 두 그루가 차례로 죽어 나갔습니다. 동네 사람들은 자기와 관계되는 일이 아니면 나서는 법이 없으니 혼자서 애간장을 태웠습니다. 결국 죽은 나무가 있는 쪽으로 눈길을 돌리지 않는 방법을 선택했지만 마음이 편하지 않았습니다.

가끔 오래된 나무들은 이 동네에서 일어났던 일들을 나보다 훨씬 더 많이 알고 있을 거라는 생각이 들 때가 있습니다. 그 끝으로 사람들은 나무가 하는 말을 알아듣지 못하지만 나무는 우리 내력을 나이테 속에 켜켜이 새겨놓는지도 모른다고 느낍니다.

우리 조상들은 나무에도 정령이 있다고 보았기에 함부로 대하면 사람이 다친다고 믿었습니다. 그래서 큰 나무를 베기 전에는 막걸리를 뿌려주면서

"어명이요!"

외치고 작업을 하면 뒤탈이 없었답니다. 나무를 하나의 생명체로 보고 예우를 한 것이겠지요. 소설가 박경리 선생님께서도 오래된 나무에게 절을 하는 것은 미신이 아니라 생명에 대한 경외심 때문이라 했습니다. 솔 씨 하나가 싹을 틔우고 뿌리를 내려 저렇게 당당한 모습을 갖추기까지 얼마나 많은 시간이 걸렸으며 험한 풍파들을 견뎌냈을까 상상하면 저절로 손이 모아지고 허리가 숙여진다고 하셨지요. 나는 우리 집 뒤에 있는 당산나무가 비바람을 견디지 못하고 쓰러졌을 때 아무런 관심도 보이지 않았던 동네 사람들이 너무 미웠습니다. 그러나 계속 얼굴을 마주하며 살아가야 하니 내 생각을 바꾸는 수밖에 다른 도리가 없었습니다.

나무가 없다면 대기는 독소로 뒤덮일 것이라고 말한 사람이 있습니다. 열대우림의 나무 한 그루가 물을 끌어올려 대기권에 방출하는 수증기의 양은 무려 300만 갤런이 넘는답니다. 그 과정에서 대량의 물을 순환시키기 때문에 땅이 사막으로 변하는 것을 막아준다고 하지요. 그런 수치들이야 쉽게 와 닿지 않지만 땅속 깊이 뿌리 내린 나무가 신선한 지하수를 만들어내는 펌프 역할을 하고 있다는 말로 해석됩니다.

우리의 목숨을 유지시켜주는 근본은 햇빛과 물입니다. 사람은 태양 에너지를 화학에너지로 전환시키는 능력이 없으니 식물이 만든 유기물을 얻어먹으며 살아가는 셈입니다. 다시 말해서 식물은 인간이 없어도 살 수 있지만 인간은 식물이 없으면 생명을 유지할 수 없다는 말입니다. 사람들이 스스로를 만물의 영장이라 자처하지만 결국 우리의 목숨을 식물이 저당잡고 있다는 것이 진실입니다. 그럼에도 불구하고 자연을 정복이나 지배의 대상으로 여기고 숲을 돈으로 바꾸기 위해 함부로 훼손하고 있습니다. 하지만 우리들의 삶은 훨씬 바빠지고 더 고단해지는 것 같습니다. 나는 그 이유 중의 하나가 생명의 근원에 대한 감사함을 잃어버렸기 때문이라고 생각합니다. 우리가 아무리 문명을 입에 올려도 생명 있는 것은 풀한 포기 개미 한 마리도 만들 수 없다는 것은 다 아는 사실이지요.

도시에는 산을 찾는 사람들이 나날이 늘어나고 있습니다. 몸과 마음이 지친 현대인들의 발길이 산을 향하는 것은 물이 낮은 곳으로 흐르는 것만큼이나 자연스러운 일이겠지요.

해가 조금씩 길어지는 것이 눈에 보이는 2월 말입니다. 까닭 모를 몸살기로 몸이 나른해지는 것은 어제 막 꽃을 피운 홍매화와 너무 진하게 놀았던 탓인지 모르겠습니다. 낮잠 한숨 자기 위해 군불기가 남아있는 불목에 고단한 몸을 눕히며 나는 세상 시름을 모두 잊자고 스스로를 다독거립니다.

상주들과 한판

　명절날이 되면 뿔뿔이 흩어져 살고 있는 형제들이 이웃 마을에 있는 큰집에 모입니다. 조상에게 차례를 지내고 아침밥을 먹은 뒤에는 모두들 산소를 다녀옵니다. 추석을 두 주일 정도 남겨놓고 벌초를 다녀온 남편은 앞으로 누가 산소를 돌보겠느냐고 걱정을 하더군요. 장례 문화가 많이 바뀌었지만 추석 무렵이 되면 고속도로가 정체될 정도로 차량이 밀리고 벌초 대행업체들이 우후죽순으로 생겨나는 것을 보면 당장 사라질 문화는 아닌 것 같습니다.

　고등골 마을에도 오래된 무덤들이 더러 있는데 추석이 가까워지면 이발소를 다녀온 까까머리 소년같이 단정한 모습이 됩니다.

그중에는 이 마을에서 농사를 지으며 살아오신 호동 어르신의 무덤도 있습니다. 우리 집 건너편에 있는 밭 끝자락에 자신이 누울 자리를 정해두었다는 말은 진즉에 들었습니다. 그래서 돌아가셨다는 말을 들었을 때 조금 걱정이 되었지만 나는 굴러온 돌이니까 절대로 나서지 말아야지 다짐을 했습니다. 반장은 자기 집과 가까운 곳이라 신경이 많이 쓰이는 모양이었습니다.

"이건 법으로도 금지되어 있는 일이잖아. 그러니 반장이 나서서 문제를 제기해야지."

하며 등을 떠밀었지만 그녀는 계속 뒷걸음질을 쳤습니다. 그럴 수밖에 없는 것이 마을 안에서 말깨나 하는 사람들은 모두 호동 어른과 인척 관계에 있으니 괜히 인심만 사나워질 뿐이라고 계산하는 것 같았습니다. 남편은

"내가… 이 동네에 정이 안 가는 이유가 다 있다니까. 정작 말려야 할 사람들이 쉬쉬하고 있으니 원!"

하고 불평을 늘어놓더니 일찌감치 부산으로 도망을 가버렸어요. 다들 저렇게 몸을 사리는데 내가 나설 필요 없다고, 절대 참견하지 않으리라 마음을 다지면서 인편으로 부조금을 보냈습니다. 상중에 있는 사람들에게 문제를 제기하는 것은 인심만 사나워질 뿐이라고 자신을 달래고 있는데 마침 땅을 팔 포클레인이 우리 집 앞

을 지나가는 것이 눈에 들어왔어요. 순간 격한 감정이 치솟아 올랐습니다. 그것은 아닌 것을 아니라고 말하지 못하는 동네 사람들의 비겁함에 대한 분노였습니다. 나는 앞뒤 가리지 않고 바로 울주 군청에 전화를 걸어서 동네 복판에 산소를 쓰는 것이 적합한지 물었고 위법이라면 당장 와서 제지해달라고 정식으로 신고를 했습니다. 조금 있으니 마을 어른 몇 사람이 우리 집으로 몰려왔습니다. 막상 그들을 보니 전화를 걸고 난 뒤 안절부절못하던 마음이 거짓말처럼 가라앉았습니다. 나는 무릎을 꿇고 머리를 조아렸습니다.

"용서하십시오. 저는 이 마을이 무덤투성이가 되는 것을 막고 싶습니다. 말려야 할 분들께서 이러시니 정말 송구스럽습니다."

모두들 매운 고추 먹는 시늉을 하더니 아무 말도 못 하고 돌아갔습니다. 이어서 두 대의 차량이 우리 집 마당으로 들어서더니 상복을 입은 장정 십여 명이 험악한 얼굴로 내렸습니다. 가슴이 덜컥 내려앉았지만 거실문을 활짝 열고 맞아들였습니다.

"심려를 끼쳐드려서 죄송합니다. 동네 분들은 안면 때문에 나서지 못하는 것 같아 이렇게 굴러온 돌멩이가 나섰습니다."

오십 중반으로 보이는 큰아들도 자세를 바꾸어 무릎을 꿇더군요.

"출상이 내일 아침입니다. 부디 선처를 부탁합니다."

목소리를 들으니 말이 좀 통하겠다는 느낌이 들었습니다.

"저 밭에 아버지의 산소를 쓰면 어머님도 분명히 그 곁으로 가려할 것인데 그러다 보면 가족 묘지가 되겠지요. 고등골을 공동묘지로 만들 수는 없지 않겠습니까?"

그는 지금 당장 다른 묘 터를 구할 수 없으니 이번만 눈을 감아주면 앞으로는 절대 그런 일이 없도록 각서를 쓰겠다고 했어요. 각서 같은 것은 필요 없다고, 이건 기본적인 양심의 문제가 아니겠느냐고, 그리고 이미 군청에 신고를 한 상황인데 내가 눈을 감는다고 될 일도 아니라고 말했습니다. 그는 길게 숨을 내쉬었고 그 한숨의 끝자락이 내 마음을 흔들었습니다. 우리는 한동안 말없이 그렇게 마주 앉아 있었어요. 한참 뒤에 내가 물었습니다.

"신고한 것을 취소할 수도 있나요?"

"예, 전화만 한 통 해주시면 뒷일은 모두 제가 수습하겠습니다."

다시 군청으로 전화를 걸었더니 담당자가 나를 달래듯이 말했어요.

"어쩌겠습니까. 다들 빤한 안면에… 지금 상황이 상황인 만큼…"

"상황요? 그렇군요. 핑계 없는 무덤은 하나도 없겠지요."

아무도 내 말에 토를 다는 사람이 없었습니다. 호동 어른은 결국 소망했던 대로 자신의 밭에 육신을 눕혔고 술렁거리던 마을도 조용해졌습니다. 초상이 끝난 뒤에 아들이 마을에 이백만 원을 내놓았다는 소문이 들리고 호동댁 할머니가 나를 욕하고 다닌다는 소리도 있었습니다.

어느 날 감나무 집으로 가고 있는데 마주 오던 남자가 내게 정중하게 인사를 했습니다. 얼떨결에 마주 고개를 숙였지만 누군지 기억이 나지 않았어요. 김 여사에게 이야기를 했더니 호동댁 큰 아들이 분명하다고 말했습니다. 상복을 입었을 때와 양복을 입은 모습이 그리 다른 줄 몰랐지요.

가끔 엉뚱한 생각이 들 때도 있었습니다. 내가 이렇게 유난을 떠는 바람에 벌을 받아서 고등골에 뿌리내리는 것이 힘든 것이 아닐까 하고요. 하지만 지금도 나는 누군가가 우리 집 부근에 산소를 쓰려고 한다면 양보 없는 한판 대결을 벌일 것입니다. 행동하지 않는 양심은 죄악이라고 누가 그랬지요. 불행인지 다행인지 나는 매사에 헤딩부터 하고 드는 성격입니다. 그러다 보면 현실적으로 감당해야 할 일들이 따라오기 마련이지만 저질러놓은 일은 어떤 식으로건 해결되기 마련이라는 사실을 알았습니다.

아무튼 그날 상주들과의 한판 대결은 진 사람도 이긴 사람도 없이 마무리되었지만 후회나 아쉬움은 없습니다. 다만 연신 한숨을 내쉬던 큰아들에게 미안한 마음이 드는 것은 그때나 지금이나 여전하네요.

사름하기

설을 쇠고 한 달 정도 지나면 우리 집 마당에는 꽃이 피기 시작합니다. 복수초가 얼굴을 내미는 것을 선두로 나 먼저 너 먼저 봄꽃들의 행렬이 장마철까지 이어집니다. 장마가 시작되면 마당이 조금씩 지저분해지지만 능소화 큰 꽃송이와 산수국, 나리 등 여름꽃들이 분위기를 확 바꾸어 버리지요. 국화 종류는 초겨울에도 연보라색 꽃을 피우는 해국에 이르기까지 꿋꿋하게 추위를 견딥니다. 꽃은 절대로 그냥 지는 법이 없습니다. 자기만의 방법으로 뿌리를 뻗거나 씨앗을 퍼트리는 것을 보면서 나는 식물이 동물보다 훨씬 생존경쟁이 치열하다는 것을 확인합니다. 내가 굳이 우리 꽃을 고집하게 된 것은 수석 때문이었습니다. 처녀 때부터 시인 정영태 선생님 댁을 자주 드나들다 보니 자연스럽게 수석 취미를 가지게 되었고 탐석하는 재미에 빠져들었습니다. 강변에서 종일토록 산수경석을 찾아 헤매다 보면 세상사 번잡함을 잊을 수 있었던 것입니다. 한때는 선생님의 발이 되어 전국에 있는 전시회장을 들락거렸는데 많은 수석인들과 인연을 맺게 되었습니다.

만덕동에 이사를 가던 해 영천에 사는 수석인 서 여사를 집들이에 초대했더니 회원들이 모두 야생초 화분을 하나씩 들고 왔습니다. 그것이 계기가 되어 자의 반 타의 반 기르게 되었는데 화분이 늘어나는 만큼 번거로움도 많았습니다.

고등골에 이사 와서는 잎을 먹고 꽃도 볼 수 있는 종류의 야생초들을 골라 심었습니다. 이른 봄 새끼손가락 크기로 올라온 원추리 잎을 살짝 데쳐서 독성을 우려내고 깨소금과 참기름, 된장을 넣고 조물조물 무쳐 먹으니 그 맛이 독특했어요. 돌나물은 워낙 흔한 식물이라 일부러 심지 않아도 구석구석 저절로 늘어났습니다. 가장 욕심을 부린 것이 머위인데 첫 잎을 끓는 물에 데쳐서 양념젓국으로 쌈을 싸 먹으면 겨우내 잃었던 입맛이 돌아왔습니다.

봄이 되자 만덕 집에 두고 온 야생초 화분들을 가져와서 옮겨 심는 작업에 들어갔습니다.

"야들아, 이제는 나를 믿지 말고 너희들 힘으로 살아라. 알았제?"

그렇게 당부했지만 복주머니꽃과 해오라비, 병아리난처럼 귀한 종류는 적응을 못하고 죽고 말았습니다. 반대로 화분 속에서 시난고난하던 할미꽃이나 구절초, 돌단풍과 도라지처럼 번식력이 뛰어난 식물들은 때를 만났다는 듯이 세력을 확장해 나갔습니다. 그런 중에 풍란과 일엽초, 콩란, 석곡, 세뿔 석위 등 석부작들이 몽땅 얼어 죽어버린 일도 있었지요. 내 딴에는 추위를 염려하여 거실에서 겨울을 나도록 했는데 삼월 초 햇살이 따뜻하기에 바깥에 내놓았더니 꽃샘추위를 견디지 못했던 것입니다. 뒤늦게 언양 지역이 부산보다 기온이 낮다는 사실을 알았지만 십 년 이상 밖에서 겨울을 나던 것들이 몇 달 실내에 있는 동안 야생성을 고스란히 잃어버린 셈이었습니다. 서 여사에게 하소연을 했더니 실내에 있던 식물들은 초봄의 변덕스러운 날씨가 모두 지나간 뒤에 내놓아야 한다면서 혀를 찼습니다. 그녀는 그때 한 달 정도 우리 집에 머물면서 일을 도와주었는데 어느 날 뒷산으로 올라가더니 연달래 나무를 한포기를 캐다가 화단 복판에 심어주었습니다.

"집 뒤에 이런 나무가 있었다니...사름만 잘하면 곧 귀한 꽃을 볼 수 있을 거다."

그녀의 말대로 사월에 들어서자 하양에 가까운 분홍색 꽃이 수백 송이 피었습니다. 꽃을 보지 않고도 연달래 나무라는 것을 알아보는 그녀의 안목이 놀라웠습니다. 마당에서 저 홀로 피고 지는 꽃을 보는 것은 애지중지 돌보던 것과 비교가 안 될 정도로 재미가 있었습니다. 특히 한 번만 심어놓으면 철철이 피고 지는 봉숭아, 맨드라미, 채송화와 분꽃, 꽈리, 창포와 접시꽃 등 흔하고 소박한 꽃에 내 마음이 오래 머물렀습니다.

　여름철로 접어들면서 흔히 말하는 풀과의 전쟁이 시작되었습니다. 집 주변은 예초기를 동원해야 하니 나의 몫이 아니지만 마당과 화단에 나는 풀은 어머니와 함께 호미질로 해결했습니다. 새벽마다 나가서 뽑아도 돌아서면 올라오는 것이 풀이었습니다. 내 얼굴은 새까맣게 그을고 몇 년 전부터 아프기 시작한 어깨의 통증도 나날이 심해갔습니다. 병원에서 사진을 찍어보니 회전근개가 파열되어 수술을 받아야 한다고 했습니다. 남편이 부산에서 머무는 날이 많아지는 만큼 캄캄한 밤을 혼자 보내는 횟수가 늘어났습니다. 그나마 피고 지는 꽃을 보는 것이 위안이 되었습니다. 어머니는 엉뚱한 소리를 자주 했지만 치매가 왔다고 생각하기 싫었습니다. 하루는 뒤란에 나갔더니 겨우 뿌리를 내리기 시작한 금낭화와 노루귀,

물매화 등등이 몽땅 뽑혀 돌 위에서 얌전하게 시들고 있었습니다.

"아이고, 이 일을 어쩌나, 구하기 힘든 것인데..."

놀라서 소리를 질렀더니 어머니가 호통을 쳤습니다.

"천지사방에 널린 것이 풀인데 귀하기는 뭐가 귀하다고 이 호들갑이냐?"

끽소리도 못하고 입을 다물었습니다. 그러고 보니 내가 아무리 아끼는 야생초라도 꽃이 지고 나면 어머니 눈에는 잡초로 보일 일이었습니다.

심던 해에 그렇게 많은 꽃을 피웠던 연달래 나무가 다음 해부터 잎을 틔우지 않아서 가지 끝을 꺾어보니 물기가 하나도 없었습니다. 사름을 못하기는 저나 나나 다를 바 없구나 싶어서 마음이 무거웠습니다. 소식을 전해 들은 서 여사는 연달래는 쉽게 죽지 않는 나무라면서 계속 고추 먹은 소리를 했습니다. 맨 처음 심은 나무가 말라죽고 하루아침에 키우던 닭까지 몽땅 죽은 것을 보니 다음은 내 차례인가 싶은 마음이 들면서 고집부릴 힘이 없어졌습니다.

나는 마루에 걸터앉아 가지산 봉우리를 바라보며 많이 힘들다고 스스로에게 말했습니다. 어머니와 사는 것도 불편하고 내 손을 기다리는 일들을 감당하기 버겁다고 소리 내어 말했습니다. 캄캄

한 밤이 무섭고 징그러운 벌레들이 싫다고, 말 통하는 사람이 하나도 없는 시골에 정나미가 떨어진다고 솔직하게 말했습니다. 그리고 이 모든 원인을 제공한 사람이 남편이라고 말하는데 목에 가시 같은 것이 걸렸습니다. 나는 가래를 뱉어내듯 컥컥거렸지만 좀체 떨어져 나오지 않았습니다.

짐을 싸서 싣고 부산으로 내려오는 날, 평생 살 것처럼 정성을 쏟았던 마당을 돌아보았습니다. 대문을 나서는데 사름을 못하고 죽어간 야생초들이 눈에 밟혔습니다. 나는 무엇보다 이 자리에서 벗어나 객관적으로 생각해 볼 시간이 필요하다고 느꼈습니다. 문득 고정된 생각 하나를 바꾸는 것은 한번 죽는 것에 버금갈 정도로 어려운 일이라던 누군가의 말이 떠올랐습니다.

장닭을 키운 뜻은

대문이 없는 집에서 살다 보니 개를 한 마리 키우라는 말을 많이 들었습니다. 새끼를 가져가라거나 진돗개를 주겠다는 사람도 있었지만 뒷바라지할 자신이 없어서 사양했습니다. 나는 동물을 별로 좋아하지 않지만 빈 밭에 닭을 몇 마리 풀어놓으면 괜찮겠다 싶었습니다. 감 나무집 김 여사에게 부탁했더니 수놈 한 마리와 암평아리 다섯 마리를 구해주었습니다. 남편은 족제비가 들어오지 못하도록 철망을 치고 목재소에서 자투리 나무를 사다가 닭장을 만든 뒤에 횃대까지 올려주었습니다.

사료를 주지 않아도 중병아리들은 음식 찌꺼기와 벌레나 풀씨

등을 찾아 먹으면서 쑥쑥 잘 자랐습니다. 어느 날 닭장을 구경하러 왔던 차리댁 아지매가 토끼를 두어 마리를 같이 기르면 닭이 병을 하지 않는다기에 토끼 한 쌍과 오리 새끼 두 마리까지 넣었더니 식구가 확 불어난 기분이었습니다. 두어 달 지난 어느 날 어머니께서

"요것들이 지금쯤 알을 낳을 때가 되었는데…"

하시며 울타리 안으로 들어가시더니 오리 알 두 개와 계란 세 개를 찾아왔습니다. 그 뒤로 우리는 보물찾기라도 하듯이 아무 데 나 낳아놓은 알을 찾아다니는 것이 일과가 되었습니다. 어느 날 감 나무집에서 짚으로 둥지를 만들어 왔기에

"야들아! 이제는 여기서 알을 낳아야 한다, 알았제?"

하고 타일렀더니 말귀를 알아들었는지 풀 섶을 뒤지지 않아도 되었습니다. 가끔씩 닭장 문을 열어주면 장닭이 암탉들과 오리를 거느리고 마당을 돌아다녔습니다. 낯선 사람이 얼씬거리면 번개처 럼 달려와 쪼아대는 바람에 집 지키는 개가 필요 없을 정도였지요.

겨울이 되면서부터는 방앗간에 가서 쌀겨를 얻어오거나 무, 배 추 시래기 등을 준비했습니다. 그 무렵에는 장닭도 배포가 커져서 동네를 한 바퀴 돌아오는 일이 잦았는데 우리 닭들이 무리를 지어 지나가면 사람들은,

"저놈들이 모두 고 여사네 집 닭이란다. 통통하게 살찐 것이 백

숙해 먹으면 진짜 맛있겠제?"

하면서 눈독을 들였습니다. 그러던 어느 날 자기가 닭인 줄 알고 부지런히 꽁무니를 따라다니던 오리가 돌아오지 않았습니다. 곧 오겠지 하며 기다렸지만 며칠 뒤에는 나머지 한 마리도 감쪽같이 사라져 버렸습니다. 이웃 사람들이 여러 추측들을 내놓았지만 닭장 문을 닫아걸고 금족령을 내리는 방법밖에 없었습니다.

그해 겨울은 참으로 힘든 시간의 연속이었습니다. 이십 년 이상 하던 사업을 정리하고 노후를 시골에서 살자고 철썩 같이 약속했던 남편이 다시 일을 하는 쪽으로 방향을 바꾸는 바람에 차질이 생기기 시작한 것입니다. 무엇보다 그는 시골로 온 자체를 후회했습니다. 평생 고향 노래를 부르던 사람이 그런 말을 하니 황망하기 짝이 없었습니다. 남편은 현실에서 도망가는 방법으로 회사 문을 다시 열었지만 뒷감당은 모두 내 차지가 되고 말았습니다. 그때부터 우리는 서로를 탓하면서 다투기 시작했고 급기야는 헤어지자는 말과 육박전도 마다하지 않았습니다. 돌아보면 그동안 살아오면서 알게 모르게 쌓였던 감정들이 한꺼번에 분출되던 시기였습니다.

우리는 천재 하나보다 바보 둘이 훨씬 낫다는 말을 좌우명으로 삼으며 살았습니다. 일도 나누어서 했고 네 것 내 것 따져본 적이 없었는데 매일 싸울 일이 생겼습니다. 그는 다시 부산으로 내려가겠다고 했지만 나는 가지 않겠다고 고집을 부렸습니다. 급기야 남편은 재개발이 연기되는 바람에 비어있는 부산 집으로 가버리고 나는 시골에 남겨졌으니 별거 생활에 들어간 셈이었지요. 아흔 살을 넘긴 어머니는 부산으로 데려다 달라고 매일 불평을 했어요. 나는 막내아들 집에 사정이 생겼다는 말을 차마 할 수 없었습니다. 그런 갈등 속에서 살다 보니 금전적인 어려움은 물론이고 신경이 송곳처럼 날카로워져서 내 얼굴은 나날이 마귀처럼 변해갔습니다.

어느 날 오랜만에 친정 언니가 와서 밀린 이야기를 나누다 보니 새벽 두 시가 되었습니다. 갑자기 닭장 쪽에서 요란한 소리가 났지만 무서워서 나갈 수가 없었습니다. 날이 밝자 닭털이 바람에 날아다니는 것이 눈에 들어왔습니다. 닭장은 텅 비어있고 내장이 없어진 닭 한 마리가 멍투성이가 된 채로 죽어있었습니다. 지난밤에 내가 문을 허술하게 닫은 것이 분명했습니다. 119에 전화를 해서 산짐승이 내려온 것 같다고 신고했더니 실제 상황이 아니면 현장 출동을 하지 않는다고 했습니다. 시시비비에 휘말리고 싶지 않겠다는 뜻인 것 같았습니다. 동네 사람들에게 도움을 청했더니 산짐승이 아니라 개가 한 짓이라면서 얼마 전에 이사 온 이웃집에 한번 가보라고 했습니다. 긴가민가 하면서 그 집 대문을 두드렸더니 낯선

남자가 슬리퍼를 끌고 나오면서

"우리 집 개가 새벽에 닭을 몇 마리 물고 왔던데…"

하면서 이실직고를 하는 것이었습니다. 나는 아무 말도 못 하고 돌아섰습니다. 그동안 마당에 개가 와서 돌아다녀도 눈빛이 순해 보여서 그냥 두었더니 호시탐탐 닭을 노리고 있었던 모양이었습니다. 사람들은 오리도 그 개가 물고 간 것이 분명하다면서 값을 쳐서 받으라고 했습니다.

오후 무렵이 되자 남자가 봉투를 하나 들고 왔지만 나는 돈으로 위로받을 일이 아니라며 사양했습니다. 마을 사람들이 펄쩍 뛰기에 그러면 받아서 경로당에 쓰라고 했습니다. 남자가 동네 사람들에게는 돈을 줄 필요가 없다면서 오리발을 내민다는 소리가 들렸습니다. 닭값을 두고 시시비비를 벌이는 것을 보고 들으면서 그동안 참고 있었던 울음보가 터지고 말았습니다.

다음 날 아침, 퉁퉁 부은 얼굴로 토끼를 산으로 보내주었습니다. 그리고 어머니를 차에 태워 이웃 마을에 있는 큰 형님 집으로 갔습니다. 막내아들에게 가는 줄 알고 보따리를 쌌던 어머니가 원망스러운 눈길로 나를 보면서 말했습니다.

"내가 여기저기 옮겨 다니는 물건이가?"

할 말이 없고 눈물만 쏟아졌습니다. 부산으로 내려오면서 복덕

방에 집을 내놓고 다시 어느 변두리에 집터를 알아보자고 마음먹었습니다. 남편은 고등골 집은 절대로 팔면 안 된다면서 고개를 푹 숙였습니다. 만덕 집이 곧 철거에 들어갈 텐데 어디로 갈 거냐고 물으니 시골집이 싫어서가 아니라 적응이 안 되어서 그러니 조금만 기다려 달라고 했습니다. 누구는 적응이 잘 돼서 시골에 있느냐고 묻고 싶었지만 꿀꺽 삼켰습니다. 극한 상황에서 실마리가 조금 풀리는 기분이 들었습니다. 날이 따뜻해지자 남편은 손수 울타리와 닭장을 뜯어냈습니다. 그의 어깨는 처져있고 얼굴은 몹시 지치고 슬퍼 보였습니다. 그때 같이 공부를 하던 도반이 인도에 가지 않겠느냐고 물었습니다. 나는 야반도주를 하는 사람처럼 급하게 짐을 쌌습니다.

내
자
유
의
크
기

고통다루기

1

밤 열두 시에 첸나이 공항에 내려서 택시를 탔습니다. 오는데 꼬박 하루가 걸렸지만 순식간에 공간을 이동한 기분이 들었습니다. 다음날 템플로 가는 길이었습니다. 마을을 지나치던 버스가 잠시 멈추었을 때 시장 귀퉁이 낡은 재봉틀 앞에서 옷 수선을 하고 있던 인도 남자와 눈이 마주쳤습니다. 그는 주름진 얼굴에 웃음을 가득 담고 나를 향해 손을 흔들었습니다. 나도 그를 바라보며 환하게 웃었습니다. 버스가 움직이기 시작하면서 우리의 만남은 지극히 짧은 순간에 끝나고 말았지만 내가 여기까지 오는 과정과 그가 재봉틀 앞에 앉기까지 한 치의 오차가 없어야 가능한 일이라 여겨졌

습니다. 끝없이 펼쳐진 들판에 캠퍼스 건물이 나타났습니다. 나는
꽃과 촛불로 장식된 제단 위에 가지고 온 가족사진을 올려놓았습니
다. 그리고 열흘 동안의 과정이 시작되었습니다. 첫날 고통의 실체
에 대하여 배운 것을 요약하면 다음과 같습니다.

오늘날 사람들은 상황을 바꿈으로써 변화가 가능하다고 믿습니
다. 자신이 예상치 못했던 일이나 싫어하는 일, 반갑지 않은 일이
일어나면 우선 분석하고 설명하려 듭니다. 끊임없이 원인을 추정
하고 가정하면서 사실을 외면하거나 피해 다니는 과정에서 일어
나는 것이 고통입니다.

인간은 무한한 종류의 고통을 겪고 있는 것 같지만 사실 비슷한
고통을 반복해서 겪고 있으며 몇 개 되지 않는 고통들이 수백 수천
가지의 상황으로 나타날 뿐입니다.

고통을 직면하기 위해서 우리는 먼저 고통의 실체를 알아야 할
필요가 있습니다. 모든 고통의 뿌리는 영적 고통입니다. 내 자신이
바로 고통 그 자체라는 것입니다. 이것을 자각하고 내면으로 들어
가지 않는 한 밖에서는 결코 답을 찾을 수 없습니다. 우리가 겪는
고통은 크게 신체적 고통과 심리적인 고통, 영적 고통으로 나눌 수
있습니다. 신체적 고통은 건강한 몸과 음식과 옷과 잠자리가 충족

되면 바로 해결되는 고통입니다. 굉장히 객관적이고 실제적인 것으로 재정적인 문제나 건강 같은 것이 여기에 속합니다. 예를 들어 두 사람이 함께 넘어져 다리가 부러졌다면 경험이 유사하기 때문에 굳이 설명하지 않아도 공통적으로 통용되는 고통입니다.

심리적 고통이란 궁극적으로 사랑하고 싶은 욕구와 사랑을 받고 싶은 욕망으로 귀결이 됩니다. 그렇기 때문에 사랑에 안심하면 저절로 사라지는 고통입니다. 하지만 지극히 주관적이기 때문에 두려움이나 질투심, 미움과 적개심과 같은 것이 필경 따라오게 되어있습니다. 그 고통의 강도는 어린 시절의 발달 과정과 배경, 신체적 정신적 조건 등에 따라 다를 수 있습니다.

신체적 고통과 심리적 고통, 영적 고통을 합계하면 변하지 않는 상수가 됩니다. 이 세 가지 고통 중 어떤 것을 많이 갖고 있느냐는 사람마다 다릅니다. 가령 신체적 고통이 많은 사람은 심리적 고통이 적을 것이고 심리적 고통이 큰 부분을 차지한다면 영적 고통은 그만큼 적다는 말입니다. 부처님은 왕자였을 때부터 영적 고통에 시달렸습니다. 그는 신체적 고통과 심리적 고통이 없는 대신 영적으로 받는 괴로움이 거의 전부였습니다. 모든 것을 가졌거나 사랑과 존경을 받으며 특별히 걱정할 것이 없는 사람들이 이런 고통을 경험합니다. 심리적이거나 육체적 고통은 대면할 수 있지만 존재적 고통은 대부분 심리적 고통으로 나타납니다. 심리적 고통이 심해지면 육체적 고통으로 바뀌어 질병이나 사고로 연결될 수도 있는데 왜냐하면 이런 전환이 일어나지 않으면 견딜 수 없을 정도로 힘들기 때문입니다.

고통은 이런 경로들을 오가며 경영이 됩니다. 문제는 심리적 갈등으로 생각에 빠져들면 고통의 과정이 장기화되고 반복되기 때문에 문제는 더욱 심각해집니다. 생각은 실제보다 상황을 더 크게 만드는 힘을 가지고 있어서 맨 처음 떠오른 생각에 집중해서 해결이 되지 않으면 꼬리에 꼬리를 물고 따라오게 되어 있습니다. 마인드는 늘 과거를 되새기고 미래를 투사하며 고통의 실체를 보지 못하도록 방해합니다. 결국 인간은 무언가 불확실할 때 고통을 받게 되는데 직면을 하기보다 도망갈 궁리부터 합니다. 도망가는 경로는 다양합니다. 술, 장소, 음식, 쇼핑 등 육체적 경로가 있고 비난, 증명, 자책, 불평 등 심리적 도망 경로도 있습니다. 이것은 결국 습관이 되고 자동적이 되어버리지요. 특히 영적인 경로는 훨씬 교묘해서 수많은 질문들을 퍼붓고 답이 없는 답을 찾아 도망을 다닙니다.

내가 어떤 식으로 도망을 다니고 있는지 경로들을 발견하는 것은 매우 중요합니다. 그러지 않는 한 고통에서 벗어날 수 없어요. 우리는 어릴 때부터 고통을 경험하는 것이 나쁜 것이라 배웠고 피하는 것에 익숙합니다. 빗물이 흐를 때 똑같은 경로를 통해서 흘러가는 것처럼 습관이 되어버린 것입니다. 인간의 가장 큰 비극은 현재 상태를 스스로 의식하지 못한다는 것입니다.

그러나 어떠한 고통이든 완전히 경험하면 사라지게 되어있습니다. 마치 용광로 속에 들어가는 물건들이 불길 속에 사라지면서 에너지로 변환되는 것과 같은 이치입니다. 하지만 내 고통이 특별하다고 느끼면 그 고통은 커질 수밖에 없습니다.

기억하십시오, 인간의 내면은 분리되어있으며 그 안에는 다수가 붐비면서 공존하고 있습니다. 당신의 내면은 의식적 자아와 무의식적 자아가 쉴 새 없이 떠드는 바람에 시장바닥처럼 시끄럽습니다. 여기서 반드시 알아야 할 것은 당신이 그 모든 대화 자체라는 사실입니다. 대화들이 멈추는 순간 당신 속에서 분리된 것들이 비로소 하나가 됩니다. 당신이 하나가 되면 모든 인간들이 하나로 연결되어 있음을 느끼게 됩니다. 그리고 지구와 나무, 흐르는 물과 하늘이 당신과 하나라는 것을 알게 될 것입니다. 당신이 자연과 하나가 되면 당신과 우주가 하나라는 것을 발견하게 됩니다. 궁극적으로는 당신과 신이 하나라는 것을 알게 될 것이며 당신이 바로 신이라는 사실을 깨닫게 됩니다. 그때 고통은 완전하게 사라집니다.

나는 이 가르침을 통해 문제를 사실로 받아들이거나 해결하기보다 생각으로 그 문제를 되새김질하는 현상이 고통이라고 받아들였습니다. 그리고 그들이 말하는 하나 됨의 상태를 경험하려고 애를 쓰는 동안 많이 고통스러웠습니다.

고통다루기 2

고통은 마인드에서 시작합니다. 마인드는 마치 일일이 내 행동을 간섭하는 친구와 같습니다. 이 시끄러운 친구의 수다 때문에 우리는 삶을 있는 그대로 경험하지 못하게 되었습니다. 그것은 본질을 보지 못하고 사물과 교감을 이룰 수 없다는 말과 같습니다. 마인드의 힘이 약한 어린아이들은 장난감을 가지고 놀면서 먹이고 목욕시키고 이야기를 주고받습니다. 그때 인형은 플라스틱이 아니라 살아있는 생명체와 다름없습니다. 그런 아이들에 비해서 우리는 식사를 할 때도 일주일 전에 먹은 음식과 비교하고 사랑을 나눌 때도 전에 사귀던 사람과 비교하느라 온전히 그 사랑에 빠져들지 못합니다. 마인드는 모든 것을 그렇게 비교하고 분석하게 만듭니다. 과거의 일을 떠올리면서 후회하거나 죄책감에 빠지게 하고 아직 일어나지 않은 미래를 두려워하면서 현재에 머무는 것을 방해하는 것입니다. 울타리에 피어있는 장미꽃 한 송이도 우리는 있는 그대로 경험하지 못합니다. 꽃을 보는 순간 일초도 되지 않아 어제 다른 장소에서 본 장미꽃과 비교하거나 생일날 받았던 장미와 연결하기 때문에 지금 눈앞에 있는 장미꽃을 제대로 즐기지 못합니다.

　우리는 마인드의 본질을 알아야 할 필요가 있습니다. 마인드는 자신이 환영이라는 것을 알고 있으며 언젠가는 사라지는 존재라는 두려움을 가지고 있습니다. 두려움의 본질은 죽음입니다. 어떤 종種이든 생명의 위협을 느끼면 증식하려 드는데 신체적 두려움을 느끼는 것도 같은 이치입니다. 미래는 알 수 없기에 불안하고 그 불안이 불필요한 심리적 활동을 일으킵니다. 마인드의 원래 기능은 외부의 실질적인 일들을 처리하도록 고안되었습니다. 그러나 자신의 영역을 벗어나 삶에 개입하면서부터 문제가 일어나기 시작했습니다. 그렇다고 마인드의 활동을 통제하려 드는 것은 마인드가 벌이는 또 다른 작용뿐입니다. 간섭에서 벗어나는 유일한 방법은 그가 무슨 짓을 하든지 가만히 바라보는 것인데 마인드는 주시할 때 힘을 잃고 고요해집니다.

생각과 마인드는 떼놓을 수 없는 관계입니다. 거대한 빌딩이 작은 벽돌 하나하나로 구성되어 있듯이 마인드는 여러 가지 생각으로 이루어져 있습니다. 마인드는 생각과 기억의 흐름입니다. 기억을 제거한 마인드가 없고 생각이 없는 마인드도 없습니다. 마인드는 통제를 할수록 힘이 강화되는데 통제하려는 과정에서 힘을 빼앗아가는 능력이 있기 때문입니다. 거듭하는 말이지만 마인드로부터 자유로워질 수 있는 방법은 판단이나 분별, 비난하지 않고 그대로 바라보는 것입니다. 그러면 마치 얼음이 햇살에 녹는 것처럼 조용해집니다. 그럴 때라야 마인드는 귀찮은 친구가 아니라 내 말을 들어주고 잘 놀아주는 친구가 됩니다.

자아와 마찬가지로 마인드 또한 여러 가지 욕구가 있습니다. 이것이 충족되지 않을 때 마인드는 고통을 느낍니다. 그러기 위해서 우리는 마인드의 속성을 잘 알아둘 필요가 있습니다. 첫째 마인드는 확실성을 요구합니다. 항상 왜? 라는 꼬리표를 붙이고 왜 이런 일이 일어났지? 그는 왜 나에게 친절하지 않지? 등등 왜? 왜? 왜?가 계속 따라다닙니다.

다음으로는 다양성을 원합니다. 우리가 같은 음식을 먹으면 질리는 것과 같이 새로운 것을 갈망하고 관심을 받으려 듭니다. 끝없는 사랑을 갈구하는 것도 마인드가 하는 일입니다. 마인드가 요구하는 사랑은 나만 사랑해야 한다는 단서가 붙어 있어서 그 사랑을 지속하기 위하여 스토리를 만들어 갑니다. 또한 성장하는 느낌이 없으면 고통을 받습니다. 마인드는 인정받기 원하는데 그것이 거절되면 심리적 고통으로 자리를 옮깁니다. 심리적 고통이 충족되면 바로 영적인 고통으로 자리를 옮깁니다. 성자들은 모두 이 과정을 겪었습니다.

마인드가 가지고 있는 두려움은 인간 존재의 핵심에서 여러 감정들과 연결됩니다. 두려움의 실체는 죽음에 대한 본능적인 저항입니다. 살아있는 모든 것은 신체적으로 위험에 처할 때마다 이 두려움이라는 무기를 사용하여 도주하거나 도전해 왔습니다. 문명이 성장하고 사회가 진보함에 따라 인간은 신체적 생존에 대한 위협이 많이 감소되었습니다. 그러자 그 두려움은 심리적인 영역으로 자리를 옮기면서 강한 자아 정체성을 지닌 마인드로 다시 태어났습니다.

이 마인드는 개인의 것이 아니라 하나의 공통된 마인드입니다. 모든 인류가 하나의 큰 마인드 속에 있습니다. 마인드의 속성과 구조는 같습니다. 우리 모두를 통해서 흐르고 모두가 똑같이 비교, 판단, 불안, 질투, 분노합니다. 이것은 내 것도 네 것도 아닙니다. 마치 우리 집 잔디밭에 앉은 새를 나의 새라고 하지 않고 내가 마시는 공기를 내 공기라고 하지 않는 것과 같습니다. 이 마인드는 고대부터 있던 것입니다. 우리가 숨 쉬고 있는 공기가 고대부터 있었던 것처럼 인류가 출현한 이래 줄곧 함께 했습니다. 부처와 예수도 이 공기를 마셨고 평화에 대해서 이야기 했으며 몇 천 년이 지난 오늘날 우리도 똑같은 공기를 마시고 평화를 이야기합니다.

잔디밭에 홀로 앉아있는데 이유 없이 무서워질 때가 있습니다. 그 두려움은 예전에 공룡에 쫓기던 누군가의 무서움일 수도 있고 먹이를 구하기 위해 사냥을 나가면서 느끼던 어느 원시인의 두려움일 수도 있습니다. 모든 것이 이 공통의 마인드에 저장되어 왔으며 지금도 오고 가고 있습니다. 다만 두려움의 대상이 호랑이나 사자에서 취업이나 급락한 주식이나 교통사고 등으로 바뀌었을 뿐입니다. 두려움을 경험하는 방식은 고대와 같지만 대응하고 반응하는 방식은 달라졌습니다. 구조는 같으나 상황이 다르고 경험은 같으나 반응과 강도가 달라졌을 뿐입니다. 이 통찰이 일어나면 다른 사람도 나와 똑같다는 것을 알게 되고 그가 나와 똑같다는 것을 알면 사랑과 연민이 일어납니다.

명심하십시오. 마인드는 결코 바꿀 수 없습니다. 사랑, 미움, 평화, 질투, 분노들은 모두 우리가 바꿀 수 없는 고유의 품성들을 가지고 있습니다. 설탕은 달고 소금은 짜다는 것을 받아들이듯이 마인드의 품성이 그러하다는 것을 인정해 버리면 되는 것입니다. 그 품성은 결코 바뀌는 것이 아니라는 사실이 가슴을 칠 때 인간은 깨어납니다. 마인드 자체는 별 문제가 없습니다. 다만 우리가 경험하기 싫은 부분을 빼버리고 좋고 아름다운 마인드로 바꾸려 드는 것이 문제이고 고통입니다.

마인드와 잘 지내려면 인내가 필요합니다. 마인드는 대답을 원하는 것이 아니라 그냥 지껄일 뿐입니다. 귀찮고 불편해도 잘만 다루면 도움 되는 것도 아주 많습니다. 성의를 가지고 대접해 주면 조금 있다가 바로 자기가 갈 길로 갑니다. 마인드를 다정한 친구처럼 대하십시오. 짜증을 내거나 저항하면 질투나 미움, 분노와 짜증 등등 이상한 친구들을 몽땅 데리고 와서 오래 머뭅니다. 나를 불편하게 하는 사람들을 보면서 내가 할 수 있는 일은 상대를 변화시키려고 노력하는 것이 아니라 내 마인드를 주시하는 작업을 하는 것입니다. 저항이 고통입니다.

매
듭
풀
기

오월은 가족의 달입니다. 어린이날을 시작으로 어버이날과 부부의 날들이 계속 이어지는 것을 보면 의무적으로라도 한번쯤 관심을 표현하라는 뜻인지 모르겠습니다. 삶은 만남과 헤어짐의 여정인데 가족은 필연적으로 함께 가야한다는 것이 문제입니다.

나는 친정 때문에 힘든 날이 많은 편이었습니다. 시가에는 주어진 임무만 착실히 하면 부작용이 없는데 친정에서 일어나는 갈등은 어려운 수수께끼처럼 풀리지 않았습니다. 해결하려 들면 더 꼬이거나 커지고 급기야는 발길을 끊는 일도 생겼습니다. 내가 영성프로그램을 쫓아다닌 이유는 결론적으로 관계 회복에 대한 갈망이었습니다. 삶에서 일어나는 모든 갈등은 위계질서가 무너지는 데서 비롯된다고 가르쳐주는 곳도 있었습니다. 이를테면 부모를 제쳐두고 자식이 그 역할을 한다거나 동생이 형 위에 군림하는 것들은 마치 새끼손가락이 엄지의 역할을 하려드는 것처럼 부자연스러운 일이라는 것입니다. 무엇보다 현실에서 일어난 갈등은 풀려고 애쓰는 것보다 스스로 고요해지는 것이 우선이라는 사실에 크게 공감했습니다. 그러나 돌아가신 친정어머니를 떠올리면 항상 자책감이 일어났습니다.

아버지가 돌아가신 뒤 홀로 남은 어머니는 노후를 우리 집에서 보내고 싶어 했지만 나는 남동생에게 가야 한다고 고집을 부렸습니다. 그리고 올케가 임종을 지켰으니 현실적으로 볼 때 크게 잘못된 것이 없었습니다. 그러나 날이 갈수록 마음에 걸리는 것은 내가 어머니에게 언제나 함부로 말하고 행동했다는 사실이 알아지는 까닭이었습니다.

어느 여름날, 치과에서 어금니 치료를 받고 나오는 길이었습니다. 횡단보도 앞에서 신호를 기다리고 있는데 갑자기 한쪽 볼이 부어있는 어머니의 얼굴이 떠올랐습니다.

"애야, 내가 아무래도 치과에 가 봐야 할 것 같다."

병원비가 필요하다는 뜻이었어요. 나는 지갑에서 돈을 몇 푼 꺼

내 주면서 혼잣말로 불평했습니다.

"월말이라 돈 쓸데가 얼마나 많은데...하필이면 이럴 때 이가 아플까?"

어머니는 돈을 받으면서 미안한 표정으로 웃었지요. 초록색 불이 들어왔지만 나는 길을 건너지 못하고 그 자리에 쪼그리고 앉았습니다. 그때는 치통이 얼마나 아픈 것인지 몰랐었다고, 그때는 자식에게 돈을 얻어 쓰는 부모의 심정을 짐작하지 못했었다고, 당신을 무시하고 원망할 때마다 얼마나 비참한 기분이 들었을지 정말 몰랐었다고 눈물을 뚝뚝 흘리며 용서를 구했습니다.

나는 인도에서 사람이 동물과 다른 것은 기도와 명상을 할 수 있다는 것이고 그런 방법으로도 의식이 진화할 수 있다는 것을 알게 되었습니다. 삶은 노력만으로 해결되지 않는 어떤 법칙이 작용한다고 믿었기에 신이라 부르든 운이라고 부르든 그 힘을 빌려서라도 좀 자유롭고 싶었습니다. 그리고 내가 세상과 어떻게 연결되어 있으며 균형 있게 살기 위해서 무엇을 해야 하는지 조금씩 알아가기 시작했습니다. 그리고 어느 날 과정 중에 일어났던 강렬한 경험을 통하여 어머니에 대한 죄책감에서 조금 벗어나게 되었습니다. 그것은 아마도 걸릴 것이 전혀 없는 그 공간이 무의식 속에 뿌리내리고 있던 상처들을 여한 없이 드러내게 만들었던 것 같았습니다. 그날은 존재의 근원에 대하여 배웠고 모두들 깊은 명상 중에 있었습니다. 그런데 자꾸만 눈앞에서 섬광들이 일어나더니 순식간에 핵폭발을 하는 것처럼 머릿속이 터져버렸습니다. 나는 그 충격으로 바닥에 쓰러졌는데 몸에 와 닿는 대리석 감촉은 그대로 느껴졌습니다. 내 의식이 깃털처럼 날아오르더니 무서운 속도로 달리기 시작했습니다. SF 영화 속에서나 가능한 일들이 실제로 눈앞에서 일어났던 것입니다. 그러다가 어느 순간 낡은 옷을 입은 여자 앞에서 멈추었는데 자세히 보니 그 여자는 어머니였습니다. 나는 어머니에게 다가가지도 못한 채 몸부림을 치면서 통곡했습니다. 짐승이 울부짖는 듯한 소리가 들렸습니다. 한참 뒤에 정신을 차려보니 황금빛 사리를 입고 온갖 장신구로 치장한 어머니가 나를 향해 두 팔을 벌리고 있었습니다. 나는 그 품에 안겨서 잘못을 빌었습니다. 그리고 젖무덤을 쓰다듬고 어리광도 부렸습니다. 어머니는 말없이 모든 것을 다 받아주었습니다. 나는 그때 실제로 두 시간 넘도록 차가운 대리석 바닥에 쓰러져 있었는데 일행들의 부축을 받아 숙소로 올 수 있었습니다.

그런 경험을 한 뒤로 행복이나 슬픔이나 죄책감과 분노 따위의 감정에서 조금 자유로워졌습니다. 감정도 완전하게 경험해 버리면 찌꺼기가 남지 않는다는 사실을 실제로 경험했던 셈이었습니다. 특정한 감정에 매몰되면 고통에서 벗어나기 어렵다는 것을 알아차 렸습니다. 무엇보다 자신에게 관대하지 못한 사람이 주변 사람들 을 힘들게 하는 것처럼 치유되지 못한 상처는 현실적으로 불협화음 의 불쏘시개가 된다고 믿게 되었습니다. 그리고 우리는 아무 준비 없이 세상에 왔으니 어떤 식으로든 시행착오를 겪을 수밖에 없다는 그들의 말에 위로받았습니다.

인도를 다녀올 때마다 남편은 내가 손가락 마디만큼 순해진다 고 놀렸습니다. 나는 그 말을 태어나는 순간부터 받았던 상처들이 조금씩 아물고 있다는 뜻으로 받아들였습니다.

인도를 몇 번 다녀오면서 비어있던 고등골 집은 명상 센터로 탈 바꿈 했습니다. 마음이 아픈 사람들이 도움을 청할 때 내가 할 수 있는 일은 부모님과의 사이를 돌아보라는 것이 전부였습니다. 부 모와의 관계는 단순히 효도의 차원을 뛰어넘어 보이지 않는 영적 법칙 속에 있기 때문입니다. 현실에서 일어나는 갈등들은 대부분 질서를 잡기 위해 필연적으로 일어나는 것이며 모든 문제의 핵심 에는 어머니와 아버지가 있습니다. 왜냐하면 그들은 내가 이 세상 에 와서 처음 만난 여자이며 남자이기 때문입니다. 아무것도 할 수 없었던 갓난아이였을 때 그들은 조건 없이 나를 보살폈습니다. 나의 삶이 그들로부터 비롯되었다는 관점으로 본다면 최초의 인간관계를 회복하는 일은 매우 중요합니다. 나는 그래서 삶에 장애가 많은 사람들에게는 어머니를 찾아가서 용서를 빌고 경제적인 어려움이 계속되는 이들에게는 아버지와 의논해보면 답이 나올 거라고 조언합니다. 설령 부모가 무능하거나 노쇠하여 현실적으로 힘이 없다고 하더라도 신에게 다가가는 마음으로 축복을 구한다면 도움이 된다고 믿습니다. 부모님이 살아계시면 더없이 좋겠지만 돌아가셨다 해도 상관없는 일입니다. 우리가 의식을 하지 못하더라도 그분들은 내 가슴과 세포 구석구석에서 존재하면서 알게 모르게 영향을 주고 있기 때문입니다.

에
드
윈

캠퍼스로 가는 버스 속에서 처음 보는 외국인 남자 옆에 앉게 되었습니다. 버스는 문을 열어 놓고 달리는 데다가 커브를 돌 때도 속도를 줄이지 않았습니다. 창문 쪽에 앉은 남자가 내 가방을 들어 자기 무릎 위에 올려놓았습니다. 그 순간 마치 한줄기 산들바람처럼 부드러운 고요함이 찾아왔습니다. 나는 그 평화가 어디에서 연유했는지 궁금했고 다시 그런 바람이 찾아오지 않을까 기대했습니다. 바람은 그냥 나를 스치고 지나갔을 뿐인데 계속 그 바람에 연연하는 우스꽝스러운 내가 보였습니다.

공부를 마치고 떠나오는 날 경험담을 나누는 시간이 있었습니다. 그때 과정을 시작하는 그 남자를 다시 만났고 그의 이야기를 들을 수 있었습니다.

나는 네덜란드에서 온 에드 윈입니다. 나는 아주 오래 전부터 영적 서적을 읽으면서 차크라 명상이나 요가 등에 관심을 가지고 여기저기 기웃거리고 다녔습니다. 이 템플에는 어제 도착했습니다. 인도에 온 것은 2주 전이었는데 그 이유는 육십오 년 동안 우유만 먹으며 명상을 하고 있는 할머니를 만나기 위해서였습니다. 올해 여든 살이 되었다는 할머니의 사진을 처음 보았을 때 나는 그 품에서 죽고 싶다는 마음이 들었습니다. 뭄바이에서 첸나이를 거쳐 마두라이까지 가는 길은 아주 멀었습니다. 마두라이에 도착하여 택시를 탔는데 마침 기사가 할머니가 있는 장소를 안다면서 가까운 호텔로 데려다주었습니다. 내 생각에는 택시 기사와 이야기를 나누면서부터 저의 영적 과정이 시작되었던 것 같았습니다. 기사와 동일 선상에서 이야기를 나눌 수 있었는데 그는 인근에 있는 힌두 사원도 구경해보라고 일러주었어요.

나는 할머니를 만날 기대로 가슴이 두근거렸습니다. 다음 날 폭포 위에 있는 정글로 올라갔는데 그녀는 험악한 얼굴로 침을 뱉으며 나에게 욕설을 퍼부었어요. 나는 한마디도 못하고 쫓겨나서 오랫동안 숲속에 홀로 앉아 있었습니다. 그리고 그동안의 갈망과 욕을 들을 때 일어나던 고통들과 함께 했습니다. 정글에서 내려오는데 원숭이들이 나를 향해 절을 했습니다. 원숭이가 마치 사람처럼 보여서 잘 구별이 되지 않았어요. 다음 날 나는 다시 정글로 갔습니다. 할머니는 전날과 다르게

"내 옆에 앉으세요."

라고 말했습니다. 그때 인도 여인이 한 명 찾아왔는데 어제 나에게 했던 것과 똑같이 침을 뱉으며 쫓아버렸습니다. 그 여자는 실망했다는 표정을 짓더니 말없이 가 버렸어요. 할머니와 나란히 앉아서 명상을 했습니다. 에너지가 물처럼 부드럽게 나를 감싸면서 가끔은 밀리거나 빨려 들어가는 것 같았습니다. 그리고 어느 순간 내가 사라졌어요. 나의 존재는 뚜렷한데 묻고 대답하는 내가 없어졌어요.

내려오는 길에 사원이 보였습니다. 택시 기사가 말하던 그 절인 것 같아서 들어갔더니 승려들이 긴 막대기로 원숭이를 쫓아내고 있었어요. 호텔로 돌아와서 침대에 누웠는데 원숭이들이 받았을 아픔들이 느껴져서 한참 동안 울었습니다. 동물들이 받는 고통을 그대로 경험했던 것 같습니다. 나는 그것이 내 주변에 있는 모든 존재들이 받고 있는 고통이라 느꼈습니다. 그러자 깊은 고요가 찾아

왔습니다. 마치 절에 있는 신이 그 고요함을 나에게 가져다 놓은 것 같았습니다. 다음 날 나는 다시 그 절로 올라가서 앞으로는 원숭이를 때리지 말아달라고 부탁했습니다. 그리고 가지고 있던 인도 돈을 모두 주었더니 승려가 그러겠다고 약속했습니다.

그 다음 날도 할머니에게 갔습니다. 그녀는 오늘은 여기서 종일 명상을 해도 된다면서 우유를 주었어요. 정글에서 내려오는데 비가 오기 시작했습니다. 그런데 비와 내가 아무런 차이가 없고 사물과 나의 구별이 없어졌습니다. 나는 완벽하게 마인드가 없는 상태로 있었습니다. 그 느낌은 너무나 단순하고 명료했으며 실제로 아무 것도 존재하지 않았습니다. 그러나 고요함 속에는 그 이상의 무언가가 분명히 있었습니다.

사 년 전에 나는 가까운 사람에게서 마하리쉬의 〈자기질문법〉이라는 책을 선물로 받았습니다. 그 책을 읽으면서 자신에 대한 개념이 달라지기 시작했습니다. 그러니까 그 전에는 내가 없다고 느껴지는 순간에도 나라는 것이 분명히 있었는데 책을 읽으면서 알아차린 것은 그것이 진짜 내가 아니라는 것이었습니다. 그때부터 명상을 하는 시간이 길어졌습니다. 그리고 마음에 여러 층이 있다는 것을 알게 되었습니다. 나의 자각은 마치 계단식으로 이루어져 있는 것 같았어요. 외부 세계에서는 에너지와 형태가 있는데 이 외부

세계조차 그냥 존재 그 자체로 받아들여 졌어요. 내가 이해하지 못하는 개념들이 있다면 이것은 아마 내가 아니라 나의 마인드일 것입니다.

이전에 비해 내 삶은 많이 단순해지고 복잡한 일이나 어려운 일이 없어졌어요. 가령 아내와 다툴 일이 생겨도 그녀가 화를 내고 있는 모습과 분노가 아름답게 느껴져요, 마치 새가 날아다니는 것처럼 보일 때도 있고요. 아내는 이제 그런 나의 반응에 익숙해졌지요. 대신 다른 곳에 가서는 절대로 이상한 말을 하지 말라고 합니다. 저의 명상법은 간단합니다. 내가 없으니 노력하는 사람이 없고 무언가가 떠오르면 화면을 보는 것처럼 떨어져서 보게 됩니다. 때때로 어떤 사건이 일어나도 나에게 일어나는 것이 아니라 공간에서 일어나는 것 같고 가끔은 흘러가는 물처럼 느껴질 때도 있어요. 나는 노력하지 않습니다. 내가 없는 상태가 어떠한지 그냥 알고 있으니까요. 나에게 여러 조각들이 존재한다는 것을 경험하고부터는 열 시간 혹은 스무 시간 동안 명상을 할 때도 있었어요. 그것은 명상을 하려고 한 것이 아니라 고요함이 나를 계속 그 상태로 있게 만들었던 것 같습니다.

에드윈의 이야기가 끝나자 누군가가 물었습니다.

"당신은 휴가를 받았습니까? 혹은 해고를 당했습니까? 나는 직장생활을 하면서 영적 공부를 하는데 많은 어려움을 겪고 있어요. 당신의 경우를 알고 싶어요."

"제 직업은 파일럿이고 지금은 휴가 중입니다. 저는 환타지와 현실을 잘 구분하기 위한 방법으로 영성공부를 하고 있습니다. 나는 사회적 기능을 아주 잘 하고 있는 편이에요. 마치 식탁 위에 있는 여러 음식들을 즐기는 것과 같지요. 아이들, 와이프, 영적 느낌, 일, 주변사람들, 나는 그 모두를 사랑합니다."

달
아
밝
은
달
아

신문사에서 원고 청탁이 왔습니다. 한가위에 맞는 내용이면 더 좋겠구요, 하는 기자의 말에 어머니의 이야기를 쓰기로 마음을 먹었습니다. 시작을 해놓고 보니 할 말이 너무 많아서 원고지가 모자랐습니다.

추석이다. 명절은 항상 시골 큰집에서 보내는데 지난해 추석에는 백 세가 된 시어머니가 계시는 바람에 형제들이 모두 우리 집으로 모여들었다. 어머니께서는 95세부터 치매기가 심해지는 바람에 당신의 의사와 상관없이 요양병원으로 보내졌고 누워서 목숨만 연명하고 있는 터였다. 나이 쉰에 혼자되어 일곱 자식을 건사하였으나 자식들은 하나같이 어머니와 함께할 수 없는 타당한 이유와 그럴 수밖에 없는 입장들이 있었다. 그런 과정에서 가장 가슴 아파한 사람은 남편이었다. 지난해 초여름, 계획 없이 병원에 들렀다. 갈수록 쪼그라드는 얼굴과 기역 자로 오그라든 다리를 보면서 안 보는 것이 편한데 괜히 왔다는 생각이 들었다. 가만히 손을 잡았더니 어머니는 "옴마, 옴마, 옴마" 하면서 헛손질을 시작했다. 의무적으로 다가온 간병인이 아랫도리를 훌렁 벗기고 기저귀를 갈아 주었다. 살다 보면 가슴에서 하는 말이 크게 들릴 때가 있는데 그날이 그러했다. 한 생명이 태어날 때도 중요하지만 역할을 다하고 떠나가는 순간은 더 그러할 것 같았다. 나는 어머니를 집으로 모셔 오기로 마음먹었다. 죽음이야 어차피 홀로 맞이해야 할 일이지만 최소한의 자존심은 지켜 드리고 싶었다. 반가워하리라 여겼던 남편은 마음은 고맙지만 힘든 일이라며 반대했다.

여러 가지 복잡한 절차를 거쳐 어머니를 모시고 왔다. 우선 약을 그만 드시게 하고 매일 꽃과 음악과 아로마 향으로 내 마음을 전했다. 어머니는 아는 듯 모르는 듯 배냇짓이나 옹알이를 하면서 잠만 잤다. 스스로 자세를 바꾸지 못하니 입에 넣어 주면 받아먹고 안 주어도 투정하는 일 없이 그냥 아기처럼 똥 싸고 오줌을 쌌다. 갑자기 생활이 바뀌니 도와주는 사람들이 있어도 힘이 들었다. 주변에서 전문기관에 맡기는 것이 서로 편하다고 조언을 했다. 정말 괜한 일을 하는 것일까, 내가 혹시 어머니를 더 고생시키는 것이 아닐까, 마음이 어지러웠다. 그러나 파도처럼 일어나는 생각들 아래 어떤 고요함이 있었다. 적어도 나는 당연히 해야 할 일을 피하면서 받았던 가책이나 고통에서 어느 정도 해방되었다는 것을 알았다. 음력 칠월 스무사흗날, 어머니는 나에게 백 번째 생일잔치를 허락했다. 자식들과 손자들이 빠짐없이 우리 집으로 모여들었고 증손자들은 옹기종기 침대 곁에 둘러앉아 축하 노래를 불렀다. 추석날에는 오후 내내 소문을 들은 친척들이 찾아왔다. 어머니를 구심점으로 저절로 사람들이 모여들고 흩어지는 것이 눈에 보였다. 분주했던 명절을 보내고 일주일이 지났다. 가을 햇살이 눈을 부시게 하는 오후 2시 무렵, 어머니는 잘 익은 감이 제 무게를 견디지 못하고 떨어지는 것처럼 조용히 생명줄을 놓으셨다. 나는 홀로 어머니 곁을 지켰다. 두 손으로 감싸 쥔 어머니의 손이 오래도록 촉촉하고 따뜻했다.

올해는 추석 차례상에 처음으로 어머니의 밥그릇이 올라간다. 나는 그 앞에 엎드려 삶의 말미를 내게 허락하신 어머니와의 인과에 깊은 감사를 드릴 것이다. 이어서 어머니의 어머니와 그 어머니의 어머니들과 연결감을 느끼며 존재에 대한 경배도 드리고 싶다. 밤이 되면 이제는 그 연장선상 끄트머리에서 나를 구심점으로 모여든 아이들과 함께 둥근달 속에서 떡방아를 찧고 있는 토끼를 찾아봐야겠다. 그리고 긴 세월 동안 사람들이 소박한 꿈과 희망으로 심어 놓은 계수나무를 한 그루 슬쩍 베어 올 요량이다. 아름드리나무를 은도끼로 찍어 내고 금도끼로 잘 다듬어서 양친 부모를 모두 모셔다가 천년만년 여한 없이 살 집도 한번 지어 볼 작정이다.

그간의 사정을 아는 몇몇 지인들이 글을 읽고 전화를 주셨습니다. 백수를 하고 집에서 임종을 하셨으니 복이 많으신 분이라며 새삼스러운 위로도 해주었습니다. 그러나 어머니가 말년에 거처를 옮겨 다니면서 겪었을 마음고생을 생각하면 지금도 가슴이 아픕니다.

어머니를 집으로 모시고 오는 것을 계기로 5년 동안 운영하던 명상센터를 접었습니다. 실제로 해야 할 일을 팽개치고 엉뚱한 짓을 계속하고 다녔다는 자각이 쉽게 그런 결정을 하도록 만들었습니다.

나는 비교적 어머니와 사이가 좋아서 당신께서 살아왔던 이야기나 집안 내력을 즐겨들었습니다. 지천명의 나이에 아홉 살 많은 남편을 먼저 보내고 혼자서 일곱 자식을 키워냈다는 사실 하나만으로도 존중받아야 할 분이라고 여겼습니다. 부산에서 직장생활을 하는 두 아들들의 뒷바라지를 하던 어머니께서는 우리가 결혼을 하자 막내아들과 둘이 살았습니다. 시동생이 결혼하면 당연히 시골로 가실 것이라 여겼는데 어머니는 막내아들이 결혼을 한 뒤에도 함께 살기 원했습니다. 다행히 시동생 내외가 계속 어머니를 모시겠다면서 부근에 따로 방을 하나 마련하더니 몇 년 뒤에 아파트로 이사를 가면서 살림을 합쳤습니다. 그 뒤로 어머니는 26년 동안 한번도 자리를 옮긴 적이 없었습니다. 막내 동서는 요즘 사람답지 않게 극진하게 모셨고 어머니 역시 집안일은 물론이고 아이들까지 도맡아 키우셨으니 가끔은 시샘이 날 정도였습니다. 그런데 시동생 사업이 신통찮아지면서 동서가 직장에 다니게 되자 문제가 일어나기 시작되었습니다. 나이든 어머니를 혼자 두고 집을 비울 수 없을 정도가 되니 시골 큰 집으로 가게 된 것입니다. 형님은 젊을 때 실컷 부려먹고 일을 못 하게 되니까 내친다면서 불평을 하고 동서는 그동안 어른을 모셨으니 나름 할 일 다 했다는 입장이었습니다. 그런 갈등에서 조금 자유로웠던 나는 고등골로 어머니를 모시고 오는 것으로 완충 역할을 자처했습니다.

돌아보면 어머니와 함께 사는 동안 불편한 점도 있었지만 의지처가 될 때가 더 많았습니다. 내가 삼 년 만에 다시 부산으로 내려오는 바람에 어머니는 큰형님 집으로 갈 수밖에 없었습니다. 그때부터 빠르게 치매기가 오기 시작했는데 남편은 당신께서 막내와 계속 살았더라면 그렇게 맥없이 무너지지 않았을 분이라고 늘 가슴 아파했습니다.

얼마 전 "운을 읽는 변호사"라는 책을 읽었습니다. 글을 쓴 74세의 저자는 50여 년 동안 변호사로 활동하면서 알게 된 보이지 않는 삶의 법칙들을 말하고 있었습니다. 그 중에서 부모의 은혜를 깨닫고 효를 행하는 것은 신을 섬기는 것과 다름없으며 운을 부르는 근원이 된다고 했어요. 부모에게 효도하라는 말은 동서고금 어느 경전에나 있는 가르침이지만 너무나 평범하고 당연해서 그 말 속에 담긴 뜻을 헤아리지 못하는 것 같습니다. 인간의 비극은 고통 때문이 아니라 순간순간 놓쳐버리는 것들 속에 있다는 누군가의 말이 가슴에 사무치는 나날입니다.

쌀
밥
한

그
릇

들판이 어느새 황금색으로 바뀌었습니다. 모내기 철에 물을 잡느라 고생했던 희용 씨의 논에도 잘 익은 벼가 바람에 일렁거리고 있습니다. 이렇게 추수철이 되면 햅쌀밥을 맛볼 생각에 마음이 기뻐집니다. 건강을 생각해서 잡곡밥을 먹는 집이 늘어나지만 나는 맛있는 음식을 꼽으라면 첫마디에 밥이라고 말할 정도로 흰 쌀밥을 좋아합니다.

가을걷이는 한 여름 빨갛게 익은 고추를 따서 말리는 것으로 시작되어 벼 수확을 끝으로 마무리가 됩니다. 콤바인은 벼를 거두는 동시에 바심을 하여 포대에 담아내는 뛰어난 일꾼입니다. 대부분의 마을 사람들이 일당을 주고 콤바인으로 추수하여 건조장으로 보내는데 비하여 희용 씨는 바인더로 벼를 베어 일주일쯤 논에서 말린 뒤에 탈곡을 하기 때문에 밥맛이 다릅니다. 고슬고슬 잘 지은 뜨거운 쌀밥 한 숟가락을 입에 넣을 때 느끼는 포만감을 나는 원초적인 행복이라고 느낍니다. 추수가 모두 끝나면 나이 든 농부들은 동네 회관에 모여 맛있는 음식을 해먹거나 화투를 치면서 시간을 보냅니다. 돈이 되지 않아도 겨울 한 철 이렇게 노는 맛에 농사를 짓는다고 큰소리를 치는 희용 씨는

"촌놈은 그저 등 따시고 배부른 게 최고인기라!"

하며 호탕하게 웃습니다.

쌀은 벼의 씨앗입니다. 벼에서 왕겨를 벗겨내면 현미가 되고 현미에서 등겨를 갈아내면 백미가 됩니다. 쌀밥은 거의 소화 흡수가 되기 때문에 사람에게 가장 부담이 적은 곡물에 속합니다. 게다가 해마다 같은 자리에서 재배를 해도 수확량이 떨어지지 않는 장점을 가지고 있지요. 식물학자 반옥 씨는 벼는 오천 년 동안 사람의 손으로 가꾸어온 식물인데 원래부터 사람을 위해 생겨난 것이 아니라 하필이면 사람 눈에 드는 바람에 오늘에 이른 팔자 사나운 생명체라고 표현합니다. 그러면서 여성 문인이자 사회운동가로 활동하다가 불교에 귀의한 김일엽 스님의 말을 인용합니다.

"속세를 떠나 산문에 들고 보니 오 척 단구 육신을 보전하기 위해서 많은 사람들에게 신세를 지고 숱한 생명체를 희생시키고 있으니 마음이 괴롭다."

충분히 공감할 수 있는 말씀입니다. 제 자리에서 꽃을 피우고 열매를 맺는 식물들의 행동 영역은 우리가 상상할 수 없을 정도로 넓고 영원합니다. 지구에서 살아가려면 다른 생명의 희생을 기본으로 하는 먹이사슬의 법칙에서 벗어날 수 없고 그 질서는 앞으로도 계속될 것입니다. 문제는 꼭대기 지점에 있는 인간들입니다. 문명이라는 이름으로 편리한 것을 끊임없이 만들어내고 있지만 결국은 자연 속에 있는 것을 조잡하게 모방하고 있을 뿐 생명 있는 것은 풀 한 포기도 생산하지 못하는 존재라는 사실입니다. 그러면서 쓰레기만 잔뜩 늘이고 있으니 참으로 걱정스러운 일입니다.

벼농사는 볍씨를 물에 담그는 것으로 시작합니다. 옛날부터 못자리 농사가 반 농사라는 말이 있을 정도로 튼튼하게 자란 모가 중요하지요. 수분을 충분히 섭취한 볍씨에서 야들야들 볏 잎이 돋아오르면 이유모가 되는데 말 그대로 젖을 먹는 아기처럼 어린 모라는 뜻입니다. 이때는 특히 물 관리를 잘해야 하는 시기로 건강하게 자란 모는 활착이나 생육의 상태에 따라 그해 벼농사의 성공 여부를 가름하게 됩니다.

　만덕에서 살 때 벼농사를 흉내를 낸 적이 있었습니다. 시할머니 제사가 모내기 철에 들어 있어서 큰집으로 가다 보면 논두렁에 심다 버린 모를 많이 볼 수 있었습니다. 어느 날 한 움큼 주워 와서 장독 뚜껑에 심었더니 보기에 좋았습니다. 해마다 새로 흙을 구해야 하는 일이 조금 번거롭지만 물만 넉넉하게 채워주면 저절로 자라니 특별하게 손이 가는 일도 아니었습니다. 모는 심은 지 삼사일이 지나면 흙 기운을 받기 시작하는데 사름만 잘하면 그 작은 공간 속에서도 쑥쑥 잘 컸습니다. 그러다가 때가 되면 배동을 하고 가을에는 나락이 익어 고개를 숙이니 재미가 있었습니다. 그렇게 장독 뚜껑을 하나 둘 늘이다 보니 마당에 논이 몇 마지기 생긴 것처럼 마음이 넉넉해졌어요. 처음에는 방법을 몰라서 촘촘하게 심는 바람에 잎만 무성하더니 큰형님이 가르쳐 준 대로 두세 포기씩 드문드문 심으니 훨씬 튼튼하고 수확량도 늘었습니다. 한여름이 되면 어떻게 알고 왔는지 작은 새들이 벼 포기가 만든 그늘에서 물을 마시거나 목욕을 하고 가는 모습도 자주 볼 수 있었습니다. 그러나 추수철이 되면 수확한 벼를 어떤 용도로 써야 할지 고민이었습니다. 거두어 보아야 겨우 한 묶음 밖에 안 되니 정미소로 들고 갈 수도 없고 그렇다고 버릴 수도 없는 일이었습니다.

어느 날 우리 집에 놀러 온 성 시인이 마당 구경을 하다가 고개를 숙이고 있는 벼를 보고 기암을 했습니다. 그녀는 가을걷이를 해야 한다면서 가위로 벼 포기를 곱게 베어서 간추렸습니다. 오래 전에 도시 사람이 되었지만 마음은 여전히 시골에 있는 그녀의 손놀림이 은근한 신뢰감을 주었습니다. 그녀는 벼를 가지런히 묶어서 벽에 걸어 장식해 주고는 짚으로는 가늘게 새끼를 꼬아 무명실로 일일이 바느질을 하여 작은 냄비 받침을 만들어 주고 갔습니다. 어쩌면 잘 익은 벼를 보는 순간 그녀의 가슴 깊숙한 곳에서 잠자고 있던 기질이 꿈틀거렸는지 모릅니다. 나는 그날 한국 사람은 모두가 농민의 자식이며 우리의 몸속에는 너나없이 농사꾼의 피가 흐르고 있다는 누군가의 말을 확인한 기분이었습니다. 우리 거실에서는 한동안 계속 짚 냄새가 났고 해가 갈수록 나락 장식도 두터워졌습니다.

가끔 직접 씨를 뿌리고 거두는 수고를 하지 않아도 내가 먹을 곡식과 생필품들이 곳곳에 널려있다는 사실들이 신기하게 느껴질 때가 있습니다. 모든 것이 돈으로 환산되는 시대를 살고 있지만 희용 씨가 생산하는 저 쌀의 가치를 어떻게 돈으로 가늠할 수 있겠느냐고, 맛있는 햅쌀밥 한 그릇이 주는 이 행복을 무엇과 바꾸겠느냐고 혼자서 찧고 까불다 보니 어느새 해 질 녘이 되었습니다. 봄부터 농사짓는다고 수고한 희용 씨에게 지금부터는 잘 쉬고 잠도 많이 자라고 하루가 다르게 밤이 길어지고 있습니다.

배추 농사

평택에서 농사를 지으며 살고 있는 친구 정아가 놀러 왔습니다. 대추를 무겁도록 들고 왔는데 하나같이 크고 색깔이 좋았습니다. 우리 집 대추나무는 겉은 멀쩡한데 벌레가 속을 파먹는다고 했더니 꽃이 피기 전까지는 소독을 해주고 약도 뿌려야 한다고 했습니다. 남편이 불평을 늘어놓았습니다.

"이 사람이 워낙 고집을 피우니까 열매가 달리거나 말거나 관심 없어요. 내가 몰래 조금씩 약을 뿌리니까 그나마 얻어먹지..."

"정아네는 직업이 농부니까 수익성을 따지지 않을 수 없지만 우리는 그냥 벌레랑 새랑 나누어 먹읍시다. 많이 수확해서 장에 팔러

갈 것도 아니면서....”

“허긴...”

나는 나무나 채소를 심어도 심을 그때뿐 알뜰살뜰 돌보는 성품이 아닙니다. 그래도 김장배추 농사만큼은 꽤 정성을 쏟는 편이지요.

처음으로 배추를 심던 해였습니다. 8월 말 한창 더위에 마을 사람들이 배추 모종을 사다 심는 것을 보며 김장철이 까마득한데 왜 저 난리인가 싶었습니다. 거름지고 장에 장에 간다는 말처럼 나도 이웃 사람들의 도움을 받아 트랙터로 묵정밭을 갈아엎은 뒤 종묘상으로 달려갔습니다. 그런데 주인이 내놓는 무씨는 정말 보잘 것 없고 모종도 빈약해 보였습니다. 저 작은 씨앗이 팔뚝만한 무가 되고 연약하기 짝이 없어 보이는 이파리가 큰 배추로 변한다는 것을 보장받을 길도 없었습니다. 결국 무씨 두 봉지와 모종 세 판으로도 성에 차지 않아 배추씨 봉투까지 사 들고 왔습니다. 재료만 사다놓고 손을 놓고 앉았다는 하소연을 들은 외숙모님께서 달려오시더니 기가 막힌다는 표정을 지었습니다.

“아이고, 야가 그래 볼 사람이 아니네. 무슨 욕심이 이리 많노?”

외숙모는 포트에서 모종을 한 포기씩 뽑아 심은 뒤에 주전자에 담긴 물을 한 모금 붓고 흙을 살살 덮으면서 주문을 외우듯이 말했습니다.

"잘 크거래이, 잘 크거래이."

나는 그날 얼마나 열심히 뒷바라지를 했는지 코에서 단내가 술술 났습니다. 늦은 저녁밥을 먹고 있는데 빗소리가 들렸습니다. 문을 열어보니 마치 하느님이 커다란 물뿌리개로 물을 주고 있는 것처럼 느껴졌어요. 그날 밤부터 내리기 시작한 비는 보름 동안 가을 장마로 이어졌는데 그 바람에 모종 심는 시기가 늦어져서 배춧값이 엄청 오를 것이라는 소문이 들렸습니다.

며칠이 지나자 무 싹은 약속이나 한 듯이 고만고만한 키로 올라왔고 배추 잎사귀는 나날이 불어나고 넓어지기 시작했어요. 나는 긴 호스를 끌어다가 매일 배추밭에 물을 주었습니다. 그럴 때는 무슨 일에나 그 누구에게 정성을 쏟는 일이 바로 삶이라고 하시던 전우익 선생님의 말씀이 생각났습니다. 추석 무렵이 되면서 무를 숨아서 젓갈에 마늘과 붉은 고추를 갈아 넣고 잘박하게 김치를 담았더니 어린 무맛이 환상적이었습니다. 그런데 배춧잎에 구멍이 생기더니 점점 커지기 시작했습니다. 모두들 약을 뿌려야 한다고 충고를 했지만 내가 먹을 배추에 농약을 뿌린다는 것이 허락되지 않았습니다. 어머니와 함께 나무젓가락을 쥐고 밭으로 들어갔지만 연두색 배추벌레가 어찌나 크고 징그러운지 소리를 지르며 도망을 치고 말았습니다.

"저 놈들이 먹고 남은 것만 먹자. 그나마 많이 심었으니 천만다행이지."

나는 그렇게 마음을 바꾸었지만 어머니는 내 꼴을 보며 매번 혀를 끌끌 찼습니다.

첫서리가 내릴 무렵이 되자 드디어 쌈을 사 먹을 수 있을 만큼 속이 차오르고 극성이던 벌레들도 숙지근해졌습니다. 배추 속잎에 뜨거운 밥을 얹어서 맑은 젓국 양념을 올리고 와작와작 씹어 먹으니 이 맛에 농사를 짓는구나 싶었습니다.

나는 전우익 선생님의 책들을 찾아 다시 읽기 시작했습니다. 부드럽지만 옹이처럼 단단하고 깐깐했던 그분의 말씀들이 도시에 살면서 읽을 때와 사뭇 다른 감동을 주었습니다. 상업은 있는 물건이 다른 곳으로 옮아가는 것이고 공업은 원재료를 가지고 모양을 바꾸는 것이지만 농업은 없는 것을 몇 배로 만들어내는 일이니 농사야말로 진정한 창조 작업이라는 말씀에 저절로 고개가 끄덕여졌어요.

"혼자만 잘 살믄 별 재미 없니더. 뭐든 여럿이 노나 갖고 모자란 곳을 두루 살피면서 채워 주는 것, 그것이 재미난 삶 아니껴?"

살아계실 때 한번 뵙지 못한 것이 후회가 되면서 백분의 일이라도 그분의 흉내를 내고 싶었습니다. 어쨌든 질정 없이 심은 탓에 그

해 우리 집에 놀러 오는 사람들은 모두 쌈 배추 몇 포기와 무를 들고 갈 수 있었지요.

드디어 김장철이 되었습니다. 무는 동치미를 넉넉하게 담그고도 남아서 큰 장독에 보관했고 배추김치는 많은 지인들과 나누어 먹을 수 있었습니다.

"심은 대로, 그 몇 배를 거두리라."

그 우주 법칙을 경험하는 나날들이었습니다.

올해는 더위 때문에 배추 심는 시기를 많이 늦추었습니다. 가뭄으로 신통찮아 보이던 배추 모종이 한차례 내린 비로 기운을 차린 모습입니다. 배추밭에 들어가면 세상을 떠나버린 외숙모님의 거친 손과 목소리가 들리는 듯 합니다.

"잘 크거래이, 잘 크거래이..."

모종을 다 심고 나면 두 손을 모아 하늘을 향해 절을 올리던 외숙모님을 따라 장난스럽게 나도 손을 모으면 귓속말을 해 주셨습니다.

"야야, 농사를 사람이 짓는 것 같제? 그기 아인기라, 하늘이 도와주지 않으면 우리 입에 들어갈 거 하나도 없는 기라."

이제 그런 비밀을 말해주는 사람들은 곁에 없지만 나는 잘 알고 있습니다. 아무리 씨앗을 뿌리고 거름을 주더라도 저 투명한 햇살과 적당한 바람과 때맞추어 내리는 비가 없다면 어림도 없는 일이라는 것을요, 그것이 바로 신이 인간에게 주는 은총이고 사랑이라는 것을요. 그리고 우주가 우리를 얼마나 잘 보살피고 있으며 그것이 얼마나 큰 축복인지를요.

장
담
그
는
날

창녕군 대지면 창산리 마을에는 17년째 우리에게 메주를 공급해 주는 노부부가 살고 계십니다. 가마솥에 콩을 삶아 황토 방에서 띄우는 작업으로 백 말 이상 메주를 만들어 내던 그분들도 이제 연로해졌습니다. 나이를 이기는 장사가 없다더니 매년 생산량을 줄이다가 작년부터는 아예 당신들이 필요한 정도만 만듭니다. 한때는 그분들이 생산하는 메주의 절반을 구입하여 장을 담근 적이 있었으니 내가 큰 단골이었던 셈입니다.

올해도 메주를 두 말 챙겨 주신다기에 반갑게 나선 길이었습니다. 적지 않은 세월 동안 묵은장처럼 깊어진 정이 느껴지는 것은 굳이 챙겨주시는 참깨와 쌀을 고아 만든 조청 때문만은 아니었습니다. 한때 너나없이 외식하는 것을 자랑으로 여기던 적이 있었지만 지금은 집밥을 선호하는 시대입니다. 그것은 어쩌면 자기 집에서만 먹을 수 있었던 장맛에 대한 그리움의 또 다른 표현인지 모릅니다. 주거 문화가 바뀌면서 식생활이 달라지고 있지만 그래도 한국 사람들은 간장과 된장이 빠지면 허전합니다.

정년을 조금 앞두고 지방으로 전근을 간 친구가 있었습니다. 그는 기숙사 식당 반찬이 아주 잘 나오고 밥도 많이 먹는데 왜 이렇게 늘 배가 고픈지 모르겠다고 하소연했어요. 나이 탓이 아니겠느냐고, 그럴 때는 찹쌀 새알을 넣은 미역장국으로 빈속을 메워야한다고 했지만 결론적으로 집 간장이 없으니 그 맛이 나오겠느냐고 전화를 끊었습니다. 우리는 서로 알고 있었습니다. 마음이 허기지면 아무리 먹어도 배가 고프다는 것을요. 한때 사람들이 입에 오르내리던 샥스핀에 송로버섯도 연달아서 내놓으면 물릴 것이 분명한데 김치나 된장과 고추장은 때마다 먹어도 질리지 않으니 우리 몸이 그 음식들로 만들어졌기 때문일 것입니다.

내가 장을 담그기 시작한 것은 만덕동에 이사 오면서부터였습니다. 우리 집은 종일토록 햇살이 함께 하고 금정산 자락에서 불어

오는 바람이 좋았습니다. 어느 날 친정어머니께서 옥상 구경을 하시더니

"야야, 여기서 장을 담그면 참 잘 되겠다."

하셨습니다. 내가 금전적으로 고생을 할 때부터 어머니는 친정에서 장을 얻어다 먹으면 못 산다고 걱정을 하셨던 터였습니다. 고모님들의 말씀을 들어보면 안동 권 씨 양반 가문에서 바느질과 음식을 배운 어머니는 솜씨가 워낙 좋아서 동네 사람들이 노래를 지어서 부를 정도로 칭송을 받았다고 했습니다. 다음 해 날을 잡아서 어머니께서 가르쳐 주신대로 장을 한 말 담았더니 그 맛이 가히 환상적이었습니다. 친구들이 먹어보고 눈독을 들이기에 조금씩 덜어내다 보니 정작 우리가 먹을 것이 모자랐습니다. 다음 해에 배로 담아도 나가는 것이 더 많으니 몇몇 친구들이 메줏값을 주겠다고 나를 부추기기 시작했습니다. 판은 자꾸 커져갔지만 등을 떠밀던 친구들이 도와주니 일손을 걱정할 필요도 없었습니다. 친구들은 저들끼리 우리 집 간장에 내 이름을 상호로 붙였고 채식요리연구가 문 선생은 내가 담근 간장을 선호하는 사람 중의 한 명이었습니다.

음력 2월 달에는 장을 담그지 않는다는 속설에 따라 나는 항상 3월 초에 날을 잡았습니다. 속까지 바싹 말린 메주를 썻어 물기를 빼고 불순물을 가라앉힌 깨끗한 소금물에 넣으면 나머지 일은 모두

저들의 몫이었습니다.

아무리 메주의 양이 많아도 어머니가 가르쳐 주신대로 콩 1말에 물 3말, 소금 9되의 비율만 지키면 두 달쯤 뒤에는 노랗게 우러난 햇간장을 맛볼 수 있었습니다. 쪽파를 쫑쫑 썰어 넣고 깨소금, 고춧가루, 참기름으로 양념간장을 만들어 상추쌈을 싸서 먹으면 배포가 자꾸 늘어나는 기분이 들었습니다.

장은 콩과 소금과 물이 주인공같이 보이지만 햇살과 바람과 곰팡이 속의 착한 미생물들이 없으면 어림도 없는 일입니다. 이들이 잘 어울릴수록 장맛이 뛰어나고 서로가 제 잘났다고 고집을 부리면 그 해 장은 버린 것이나 다름없습니다. 좋다라는 말은 조화롭다는 말에서 나왔고 나쁘다는 말은 나뿐이다, 라는 어원을 가지고 있으니 좋은 사람, 나쁜 사람의 기준도 쉽게 알 수 있는 일입니다. 오래 된 장독도 한몫을 합니다. 곡식을 갈무리하거나 장을 품었던 연륜 깊은 장독들이 식당이나 카페의 장식품으로 전락하는 것이 안타까워서 하나 둘 사 모으기 시작한 것도 그 무렵의 일이었습니다. 우리 집 옥상에는 나날이 장독들이 늘어났고 그중에는 장정 몇 명이 들어야 할 만큼 크고 무거운 것도 있었습니다.

이사 온 다음 해 창녕 아지매에게 50말 주문했더니 메줏값만

600만 원이었습니다. 고등골 마당은 넓고 연륜이 깊은 장독과 충분히 간수를 뺀 소금을 확보해 두었으니 시작은 아무 어려움 없었습니다. 내가 된장 장사를 하겠다고 했더니 아지매가

"아이고, 먹고살 만하면 하지 마소, 골병이 들 낀데…"

하고 말했지만 무슨 말인지 알아차리지 못했습니다. 시골에서 노후를 보내려면 어차피 소일거리가 있어야 할 터인데 백여 가구에 간장 된장을 공급하는 것이 재미있을 것 같았습니다. 보람도 있고 용돈도 벌 수 있을 것이라며 남편도 적극적으로 도와주었습니다. 그때는 이미 생협에 간장 된장을 조금씩 공급하고 있었기 때문에 판로는 걱정하지 않아도 될 것 같았습니다. 그러나 잠시 와서 도와주는 사람들은 있지만 지속적으로 장독을 관리해 줄 사람을 찾기가 어려웠습니다. 시골에서는 오히려 사람 구할 수 없다는 사실을 미처 생각하지 못했던 것입니다.

결국 3년 만에 그 꿈을 접으면서 창녕 아지매의 말뜻을 이해할 수 있었습니다. 아무리 뜻이 좋고 조건이 갖추어져도 혼자서 북 치고 장구까지 칠 수는 없는 일이었습니다.

도시에는 갈수록 장 담그는 집이 줄어들고 있지만 그래도 시골에는 설을 쇠고 나면 집집마다 날을 잡습니다. 올해는 나도 정월 달에 한번 해보자고 손 없는 날에 동그라미를 쳤습니다. 2말 정도는

식은 죽을 먹는 것만큼 쉬운 일이지만 은근히 딸과 며느리가 돌아보였습니다. 저 나이쯤 되면 이런 일에 관심을 가질 법도 한데 그것은 어디까지나 내 욕심일 뿐 아무래도 좀 더 기다려야 할 것 같다고 마음을 접었습니다. 친정어머니께서 장 담그는 법을 가르쳐주셨듯이 나도 아이들에게 이 일을 가르쳐 주는 날이 오기를 바라지만 희망이 보이지 않습니다.

뱀 이 야 기

마당 청소를 하다가 개울 끝에 있는 자두나무에 눈길이 갔습니다. 나무 둥치를 무언가가 뒤덮고 있기에 가까이 가보니 누에처럼 굵고 징그러운 연두색 벌레들이 빽빽하게 붙어있었습니다. 놀라서 에프킬라 통을 찾아 들었지만 전쟁을 벌일 엄두가 나지 않았습니다. 출장 중에 있는 남편에게 전화를 걸었더니 자기가 와서 해결할 테니까 어설프게 건드리지 말라고 했습니다. 온몸이 스멸거리는 바람에 안절부절못하면서 하루를 보냈습니다. 다음 날 아침에 새 소리에 잠이 깨었습니다. 우리 마당에는 새가 많이 오는 편이지만 그날은 평소보다 몇 배나 많은 새들이 시끄럽고 바쁘게 날아다니고 있었습니다. 오후에 올라온 남편이 나무를 살피고 오더니 핀잔을 주었습니다.

"벌레는 무슨? 당신이 헛것을 본 모양이네."

정말 거짓말처럼 한 마리도 보이지 않았습니다. 나는 비로소 아침에 온 새들이 벌레들을 모두 잡아먹었다는 것을 알아차렸습니다. 처음 벌레를 발견한 새가 동료들을 불러왔을 것이라고 짐작했지만 정말 신기한 일이었습니다.

벌레뿐만 아니라 뱀은 특히 내게 엄청난 공포의 대상입니다. 이웃사람들이 가르쳐주는 대로 처마 끝에 풍경을 달고 뱀이 싫어한다는 금잔화를 집주변에 많이 심었습니다. 약국에서 명반을 사다가 울타리 주변에 뿌리면서 나는 뱀들에게 타이릅니다.

"야들아, 집안에는 들어오지 말거라, 내가 놀라서 소리 지르면 너거는 더 놀라겠제?"

내 말을 알아들었는지 요즘은 마당에서 뱀을 보는 일이 없어졌습니다. 하지만 추수가 끝날 무렵이면 축대 주변에 허물들이 곳곳에 있는 것으로 보아 여전히 그들과 한 공간 속에 살고 있는 것이 분명합니다.

내가 실제로 가까이서 뱀을 본 것은 이십여 년 전 한라산 어느 기슭에서였습니다. 찔레꽃이 만발한 야산이었는데 서너 걸음 앞에 까만 뱀 한 마리가 목을 빳빳하게 세우고 있었어요. 순간 머리 속이 하얘져서 그냥 가만히 서 있었습니다. 뱀도 어지간히 놀랐던지 한동안 그 자세로 있더니 먼저 자리를 피해 주었습니다. 뒤늦게 온 일행들은 독사라고 하면서 큰일 날 뻔했다고 호들갑을 떨었습니다.

뱀을 떼거리로 만난 적도 있었습니다. 초여름 어느 날 어머니는 마을 경로당에 가시고 나는 거실에서 혼자 오카리나 연습을 하고 있었습니다. 그러다가 우연히 마당으로 눈길이 갔는데 연못 속에서 물살을 가르며 지나가는 것이 있었습니다. 처음에는 개구리들인 줄 알았는데 자세히 보니 고만고만한 크기의 새끼 뱀이 다섯마리나 되었습니다. 문을 닫아걸고 희용 씨에게 연락했지만 전화를 받지 않았어요. 문득 있는 그대로 보고 있으면 무서움이 없어진다는 말이 떠올라서 지켜보기로 했습니다. 뱀은 마치 저들끼리 재미있는 놀이라도 하는 것 같았습니다. 한 시간쯤 그렇게 보고 있으니 무섬증이 조금 없어지는 기분이 들었는데 잠시 화장실에 다녀와 보니 어디론가 사라지고 없었습니다. 밤늦게 퇴근한 남편은 다음 날 희용 씨와 함께 긴 막대기를 하나씩 들고 수색 작업에 들어갔습니다. 나보다 두 배쯤 더 뱀을 겁내는 남편은 과장된 몸짓으로 풀 섶을 뒤지고 다녔습니다. 그러나 희용 씨가 겨우 한 마리를 찾아냈을 뿐 나머지는 보이지 않는다고 했어요. 그 뒤로는 뱀들이 어디선가 불쑥 나타날 것 같아 늘 조심스러웠어요. 결국 개구리를 잡아먹으려고 오는 것 같아서 다음 해에는 아예 연못을 없애 버렸습니다. 그래도 여름이 되면 어디선가 나타날까 봐 저절로 긴장하게 되었습니다. 어느 날 텔레비전에서 십 미터가 넘는 구렁이를 집안에서 키우는 사람을 보았는데 그들은 마치 가족처럼 생활을 하고 있었어요. 일반 사람들과는 완전히 다른 관점으로 뱀을 대하는 그들을 보면서 나의 한계는 그냥 여기까지구나 인정했습니다.

옛날 사람들은 집안에서 살고 있는 큰 구렁이나 두꺼비 종류를 해치지 않았다고 합니다. 오히려 찌꾸미라 부르면서 집안을 지켜준다고 믿었으니 상생의 원리를 그대로 생활에 적용했던 셈이지요. 우주의식을 깨달은 선사들 또한 모든 생명은 외적 형태가 다를지라도 같은 법칙 안에 있다고 보았습니다. 그리고 개미나 작은 벌레들이 살아남을 수 있는 것은 그들이 가진 집단의식과 본능적으로 상황을 알아차리는 능력 때문이라고 했지요. 그런 면에서 동물은 인간보다 훨씬 직감능력이 뛰어나다고 했습니다. 지구에 수많은 생명체들이 어울려 살아가고 있지만 눈으로 확인할 수 있는 것은 지극히 적습니다. 이를테면 너무 크거나 작은 것들은 시야에 들어오지 않고 지구가 자전하면서 내는 굉음 또한 들을 수 없는 한계속에 있다는 것입니다. 보이지 않으면 안심하고 눈앞에 나타나면 소란을 피우는 내가 우스꽝스럽게 느껴지면서 결국 뱀에 대한 나의 선입견이 문제구나 싶었습니다. 그러나 아무리 이런저런 구실을 가져다 붙여도 뱀이 징그럽고 무서운 것은 사실이니 그 두려움조차 자연스러운 현상이라고 여기기로 했습니다.

한차례 소낙비가 내리더니 구름이 물러나면서 마당은 다시 열기로 달아오르기 시작합니다. 이런 시간에는 돌담 사이에서 비를 피하고 있던 뱀들이 몸을 말리러 나오기 때문에 마당에서는 반드시 장화를 신어야 합니다. 겨울잠을 자기 전까지 새끼들에게 가르쳐야 할 것이 많은 어미 뱀은 마음이 급할지 모릅니다. 마루에 앉아서 서툰 솜씨로 불고 있는 오카리나 소리를 들으며 새끼 뱀들은 자기들을 부르는 소리로 여기고 마당으로 놀러 나올 수도 있습니다. 어쩌면 저들끼리 이런 말을 주고받을지 모릅니다.

"저 덩치 큰 아줌마는 왜 우리만 보면 이상한 소리를 내면서 달아나는 걸까?"

"그러게, 우린 같이 놀고 싶은데 그쟈?"

"엄마가 절대로 마당에 들어가지 말라고 했어, 이 집 아저씨가 막대기 들고 나오면 우린 한 방에 다 죽어."

그렇게 재미있는 상상을 해봐도 나는 여전히 뱀이 무섭고 마주치는 것은 더더욱 싫습니다. 내가 할 수 있는 일은 그저 여름이 빨리 지나가면 좋겠다고 투정을 하는 일뿐입니다.

오카리나를 불다

시골에서 고생은 많이 했지만 얻은 것도 있었습니다. 그중 하나가 오카리나를 배우게 된 것인데 순전히 공간이 만들어낸 기적이었습니다. 누구나 악기를 하나쯤 다루고 싶어 하지만 선뜻 시작하기어려운 것은 시간과 끈기를 필요로 하는 작업이기 때문일 것입니다.

실제로 오카리나 소리를 들었을 때 마음이 한껏 풀려있었던 탓인지 천상의 소리가 따로 없었습니다. 연주자에게 어디가면 이런것을 구입할 수 있느냐고 물었더니 자기 것을 선뜻 내주었습니다.그러나 그는 서울에서 온 젊은이라 더 이상 도움을 받을 수 없었습니다. 악기는 쉽게 손에 들어왔지만 연주법을 가르쳐줄 사람을 만나지 못한 채 오카리나는 육 년 정도 서랍 속에서 잠을 자고 있었습니다. 나는 늘 꿈꾸었습니다. 나의 숨결이 아름다운 음률로 바뀌어 나오는 그 순간들을요.

시골로 온 이듬해 봄, 인터넷을 뒤진 끝에 드디어 부산대학교 평생교육원에 오카리나 초급반이 있다는 정보를 찾았습니다. 등록을 해놓고 잠시 가슴이 부풀었지만 첫날 수업을 받으면서 기가 팍 죽고 말았습니다. 학생들은 대부분 이삼십 대 젊은이들이고 음악을 전공했거나 음악으로 밥을 먹고 사는 사람이었습니다. 오랜만에 보는 음악 부호들은 눈에 설고 강사가 하는 말은 외국어처럼 알아듣기 어려웠습니다. 수업에 참석하는 날이 늘어날수록 포기하는 쪽으로 마음이 기울어지면서 시작이 반이라는 말이 허황되게 느껴졌습니다. 그러던 어느 날 가끔 눈인사를 나누던 한 여자가 내게 다가오더니 자기는 반여동에서 피아노 학원을 하고 있는데 그곳에서 같이 연습을 하면 어떻겠느냐고 물었습니다. 내가 머뭇거리자 자기도 연습 시간이 필요한데 별도로 만들기가 어렵다면서 내가 함께 해 준다면 도움이 되겠다고 했습니다. 그 뒤로 수업이 있는 날이면 먼저 피아노 학원으로 갔습니다. 예습과 복습을 해도 따라가기 힘들었지만 덕분에 뒷자리라도 지킬 수 있었습니다. 다행히 내게는 남아도는 시간과 연습할 공간이 있어서 매일 마루에 앉아서 나비야 나비야, 산토끼 토끼야 하면서 오카리나와 놀았습니다. 나와는 차원이 다른 그녀는 엘 콘도르 파사를 완벽하게 부는 것이 꿈이라 했습니다.

15주의 과정이 전부 끝나자 대부분 중급반으로 올라갔지만 나는 학교 대신 계속 그녀에게 배우기로 마음먹었습니다. 그런데 조금 재미를 느낄 즈음에 서울로 이사를 가게 되었다는 소식을 들었습니다. 그녀는 나를 위하여 다른 선생님을 소개해 주었는데 문제는 장소였습니다. 안락동에 있는 친구의 빈 사무실에서 두 달 정도 개인 지도를 받았습니다. 다음 해 여름 러시아로 여행을 떠나게 되었습니다. 문득 바이칼 호숫가에서 엘 콘도르 파사를 불면 참 좋겠다는 마음이 불쑥 올라왔습니다. 내 말을 들은 젊은 선생님은 기가 막히는지

"아니, 한 달 뒤에 그 곡을 불겠다고요?"

하며 눈을 둥그렇게 떴습니다.

"그러니까 앞…부분…만이라도…조금…"

기지도 못하면서 날려고 합니까? 하고 태방을 줄까 봐 긴장했는데 선생님이 시원하게 웃었습니다.

"한번 해 봅시다."

그 뒤로 우리 집 마당에는 나비와 산토끼 대신 콘도르가 등장했습니다. 하지만 그 당당한 새는 번번이 잡새가 되어 마당으로 추락하기 일쑤였고 나는 한계에 이르고 말았습니다. 그때마다 나를 다시 일으켜 세운 것은 타고난 소질도 중요하지만 연습량에 따라 실력이 나타난다는 선생님의 말이었습니다. 내가 할 수 있는 것은 오로지 반복밖에 없다고 생각하며 입술이 부르트도록 불었지요. 그러던 어느 날 건너편 밭에서 일하던 차리댁 아지매가 우리 마당으로 들어서는 것이 보였습니다.

"아이고, 고 여사, 귀가 따가워서 못 살겠더마는 이제는 좀 들을 만 하네."

"우짜꼬, 아지매 다 들리든교?"

"들리다 마다 삼이웃이 다 아는 일인데…"

오카리나 소리가 생각보다 멀리까지 퍼져간다는 것을 알고부터는 창문을 꽁꽁 닫고 거실에서 연습을 했지요. 아무튼 한 달 뒤에 나는 여행 가방 속에 오카리나를 숨기고 길을 떠났습니다. 그리고 바이칼 호수에 도착하는 날 사람이 보이지 않는 자리를 찾아 홀로 엘 콘도르 파사를 불었습니다. 연주를 마친 뒤 시치미를 딱 떼고 모퉁이를 돌아 나오는데 몇몇 외국 사람들이 나를 향해 손뼉을 치고 있었습니다. 서툴기 짝이 없지만 적어도 소음이 되지 않은 것 같아서 기분이 좋았습니다.

　그해 연말 무렵, 회전근개 파열로 고통을 받았던 오른쪽 어깨 수술을 받았습니다. 도심 복판에 있는 고층 건물에 일주일 입원해 있는 동안 마치 새장에 갇혀버린 것처럼 몸부림이 나왔습니다. 남편에게 오카리나를 가져오게 해서 몰래 병원 옥상으로 숨어들었습니다. 그리고 이상한 자세로 연주를 하고 났더니 숨통이 좀 트이는 것 같았습니다. 그것이 계기가 되어 그 병원에서 작은 음악회가 열렸을 때 〈만남〉을 연주를 했습니다. 이어서 소설가 윤정규 선생님의 10주년 추모 행사가 열리던 날 정식으로 무대에서 〈숨어 우는 바람소리〉와 〈엘 콘도르 파사〉로 그분에게 그리운 내 마음을 전했습니다. 소문이 돌면서 여기저기서 출연 요청이 들어왔지만 정중하게 사양했습니다. 몇 번 무대에 서보니 전혀 내 체질이 아니었고 무엇보다도 오카리나는 자연 속에서 제맛을 낼 수 있는 악기라고 여겨졌던 것입니다.

　그런 나에게 고등골 마당은 부담 없고 편안한 무대입니다. 마루에 홀로 앉아서 오카리나를 입에 물면 허리가 꼿꼿해 지면서 숨결이 들고나는 것이 그대로 느껴집니다. 가끔은 연주 소리를 신호로 감나무 집 김 여사가 찾아오고 밭일을 마치고 돌아가는 차리댁 아지매가 걸음을 멈추고 엄지손가락을 치켜세울 때도 있습니다. 그

럭저럭 오카리나를 손에 든 지 십 년이 넘으면서 악보를 보지 않고
연주할 수 있는 곡도 제법 늘었습니다.

　사람은 어둡고 힘든 시절을 견뎌내는 것만으로도 내면에 숨어
있는 또 다른 능력이 개발된다는 말이 있습니다. 그런 뜻에서 고등
골 마당은 내 속에 잠재되어 있던 음악성을 아낌없이 드러나게 만
들어준 큰 멍석이었습니다.

사람, 사람들

그
때
그
사
람

서울에 있는 여행 카페의 회원들이 부산에 왔습니다. 이기대 산책로를 걷는 시간이 있어서 합류하기로 마음먹고 용호동으로 갔습니다. 이기대는 30여 년 전만해도 군 초소가 있어서 일반인들이 접근하기 어려웠고 오륙도를 마주 보고 있는 산비탈은 나병 환자들이 차지하고 있었습니다. 그런데 언젠가부터 그들이 운영하던 양계장들이 소규모 공장으로 바뀌면서 가내공업 단지가 형성되었는데 거래처가 하나 생기는 바람에 자주 발걸음을 했습니다.

일행들과 약속한 해맞이 공원 벤치에 앉았습니다. 낮은 지붕이 옹기종기 이마를 맞대고 있던 마을과 공장들은 흔적 없이 사라지고 빽빽하게 들어선 고층 아파트가 대형 전시물을 보는 것처럼 눈에 설었습니다. 문득 한 남자의 모습이 떠올랐습니다. 지금 아파트가 들어선 부근에 신발 완제품을 만들던 공장이 있었는데 우리는 그곳과 거래를 트고 자재를 납품하기 시작했습니다. 그런데 결제받기로 약속한 무렵쯤 이상한 소문이 떠돌았습니다. 뒤늦게 달려가보니 공장은 이미 가동이 중단된 상태였어요. 사색이 되어 이 층 사무실로 뛰어 올라갔더니 마침 사장이 자리에 있었습니다. 첫눈에도 자재업자들에게 한바탕 시달렸다는 것이 느껴졌습니다. 납품만 실컷 하고 한 푼도 받지 못하게 된 상황에서 멱살이라도 잡고 싶었지만 그럴 힘도 나오지 않았습니다. 두 달 공급한 물건값이 대략 1,700만 원쯤 되었으니 우리에게는 큰 금액이었습니다. 나는 오륙도가 훤히 내려다보이는 사무실 창틀을 짚고 서서 갯바위에 부딪히는 파도와 갈매기들에게 눈길을 주었습니다. 머릿속에는 이 돈을 받아서 지불하겠다고 약속한 거래처 사람들에게 어떻게 변명을 해야 하나, 직원들 월급은 어떻게 맞추어야 하나, 하는 생각뿐이었습니다. 남편의 목소리가 들렸습니다.

"사장님요, 호랑이에게 물려가도 정신을 차리면 살아날 수 있다는 말이 있잖소, 사람 나고 돈이 났지, 돈이야 벌면 되고 벌어서 갚으면 되는 것이고요."

마치 남의 이야기를 하고 있는 것 같았습니다.

그날 밤 우리는 대판으로 싸웠습니다. 나는 당신이 성인군자라도 되느냐고, 어찌 그런 말이 입에서 나올 수 있느냐고 시퍼렇게 대들었고 남편은 당신은 팔자 좋게 경치 구경이나 하고 있더라면서 본래 멱살 다짐은 여자가 하는 것 아니냐고 소리를 질렀습니다. 우리는 싸워봐야 소용없는 일이라는 것을 알면서도 그렇게 싸우는 것으로 속을 풀었습니다. 결론은 빨리 그 돈을 포기하고 다른 곳에서 구하는 방법밖에 없었어요. 며칠 동안 동당걸음을 치고 있는데 남편이 고개를 갸웃거리면서 그 사람에게서 전화가 왔으니 만나러 가자고 했습니다. 조방 앞에 있는 커피숍으로 나갔더니 그가 먼저 와 있었는데 차를 마시는 둥 마는 둥 탁자 위에 흰 봉투를 하나 내놓았습니다.

"죄송합니다. 제가 나머지는 도저히 맞출 수가 없어서..."

갑자기 내 몸이 와들와들 떨리기 시작했습니다. 얼른 봉투를 열어 보니 백만 원짜리 수표가 열 장 들어 있었습니다. 그가 총총한 발걸음으로 나가고 남편이 뒤따라가는 것이 눈에 들어왔지만 나는 꼼짝할 수가 없었습니다. 다음 날 수소문을 하였지만 그의 소식을 아는 사람이 없었습니다. 우리와 거래를 터 준 사람조차도 연락이 닿지 않는다면서 고개를 저었습니다. 한동안 이민을 갔다는 말이 들리고 자살했다는 소문도 떠돌았습니다.

시간이 갈수록 고맙고 고마운 만큼 마음이 무거워졌습니다. 종적을 감추는 상황에서 왜 돈을 주고 갔는지 나는 지금도 이유를 알수가 없습니다. 다만 그날 창가에 서서 바라본 그 바다 때문이 아니었을까, 다섯 개의 섬 사이에서 먹이를 찾아 분주하게 날아다니던 갈매기들 때문이 아니었을까, 어쩌면 눈이 시리도록 파랗던 그 하늘 때문이 아니었을까 짐작을 할 뿐이었지요.

부산은 산과 바다가 잇닿아 있어서 지리적으로 보기 드물게 아름다운 도시입니다. 그러나 지금은 인근 바다들이 매립되는 바람에 기슭들이 모두 사라지고 해초와 생명들의 서식처인 갯바위들도 찾아보기 힘들게 되었습니다. 나는 일행들과 해안 길을 걸으며 오랜만에 어릴 적 마당삼아 뛰놀던 바다를 만났습니다. 제 모습을 잃지않은 갯바위들은 험한 세상에서 용케 자존심을 잃지 않고 살아온 사람을 대하는 듯 귀하게 보였습니다.

우리는 사업을 하는 동안 많은 사람들에게 돈을 받지 못했습니다. 그때마다 돈을 잃는 것도 억울한데 사람까지 잃는 바보짓은 하지 말자고 서로 다짐했습니다. 사업 관계에서 그러한 원칙을 고수했던 탓인지 돈은 받지 못해도 관계가 끊어지는 일은 별로 없었습니다. 돈은 챙겨 받으면서 사람을 잃은 경우는 그때가 처음이었던 셈입니다.

살다 보면 표현은 달라도 마음이 같은 사람이 있고 같은 표현을 쓰지만 마음이 따로인 사람도 만나게 됩니다. 잊을 것을 잊지 못하면 마음의 짐이 되고 포기할 것 빨리 포기하지 않으면 장애가 된다는 것을 알기까지 오랜 시간이 걸렸습니다. 그러나 아무리 많은 시간이 흘러갔어도 잊어서 안 될 사람과 잊혀 지지 않는 순간이 있기 마련입니다. 그런 사람과 기억들은 보석처럼 반짝거리고 살아가는데 이정표가 된다는 사실을 나는 압니다.

가끔 오륙도 바다를 내려다보며 돈 때문에 애태우고 절망하던 젊은 날의 내 모습이 떠오릅니다. 소득 없는 다툼으로 끝났을 상황에서 일어났던 꿈같은 장면들을 나는 생생하게 기억하고 있습니다. 그와 거래를 텄던 그 자리에서 간판을 달고 일을 하고 있으니 행여 지나치는 길에 들리지 않을까 기다린 적도 있었습니다. 그를 만나면 그때 왜 우리에게 돈을 주고 갔는지 한번 물어보고 싶었습니다. 많은 시간이 흘렀습니다. 지금 나의 바람은 야금야금 다가오는 개발의 손길을 피해 용케 제 모습을 간직하고 있는 이기대 해안처럼 그가 어디서든 잘 살아가고 있기를 바라는 마음입니다.

지
리
산
명
희
씨

　택배가 왔습니다. 하동 악양리 입석마을에 사는 명희 씨가 손수
만든 야생 고욤차와 구지뽕잎 차를 보냈네요. 지난 여름 가족들이
와서 하룻밤 묵어가더니 이렇게 선물을 챙겨 보냈습니다. 우리말
로 들판을 뜻하는 미루라는 이름이 붙은 차 통을 열었더니 화학비
료나 농약과 제초제를 쓰지 않는다는 설명이 적힌 종이가 들어있었
어요.

　"지리산 깊은 골에서 채취한 고욤, 으름, 다래, 산뽕잎, 구지뽕
잎으로 만든 이 야생차는 제가 직접 채취한 잎으로 만들었습니다.
저는 늘 저 산 위에 있는 나무는 내 몸 밖에 있는 허파라는 말을 생

각합니다. 그래서 산과 나무에게 감사의 마음을 전하며 나무가 상하지 않게 잘 살펴 채취합니다. 님의 몸과 마음 살림에 보탬이 되기 바랍니다."

나긋나긋한 그녀의 목소리가 들리는 듯했어요. 명희 씨는 나보다 나이가 한참 아래지만 의식이나 생활 방식이 상당히 앞선 사람입니다. 자그마한 체구에 깊은 보조개가 귀여운 생김새와는 달리 환경과 먹거리는 물론 정치에 대한 관심도 아주 높아요. 소설 공부를 하면서 만난 우리는 백두산 여행을 가면서 가까워졌습니다.

그러던 어느 날 명희 씨가 만덕동 집을 찾아왔습니다. 그녀는 내일 하동으로 이사를 가는데 아무래도 나를 만나고 가야 할 것 같아서 짐을 싸다가 왔다고 했어요. 나는 너무 놀라서 벌어진 입을 다물지 못했습니다.

"물론 이유야 있겠지만 한 가지만 물을게…. 왜 시골로 가는데?"

"아이들에게 좋을 것 같아서요."

아이들 때문에 학군이 좋은 도시로 몰려가는 판인데 아이들 때문이라니, 더군다나 초등학교가 하나둘 사라지고 있다는 시골로 가면서 아이들 때문이라니, 걱정이 앞섰습니다. 명희 씨는 가까운 곳에 초등학교가 있어서 걱정할 것 없다고 했어요. 주입식과 경쟁 위주의 교육을 받지 않게 하겠다는 마음은 이해하면서도 자꾸만 염려

되는 마음을 막을 수 없었습니다. 허긴 아이들을 기존 어린이집에 보내지 않고 모래와 흙을 만지며 마음대로 놀게 하거나 낮잠을 재우는 유치원에 보내는 것을 보면서 남다르다고 느낄 때가 많았어요. 명희 씨는 그렇게 하는 것이 내재된 잠재력과 자신의 성향이 자연스럽게 나온다는 믿음을 가지고 있었습니다. 남편의 직장이 부산에 있으니 퇴직할 때까지는 주말부부로 살아야 한다면서 새로운 생활에 대한 기대로 눈동자가 빛나고 있었어요.

다음날 명희 씨는 여섯 살 된 아들과 세 살짜리 딸과 함께 지리산으로 가버렸습니다. 그러나 그날 놀랐던 마음은 좀체 진정이 되지 않았습니다. 우리는 노후를 시골에서 보낼 거라고 노래를 부르면서도 현실적으로는 아무 것도 실행하지 못하고 있는데 그녀는 말없이 일을 진행하고 있었던 것입니다.

그 끝으로 나는 고등골에 집을 짓기로 작정했습니다. 만덕 집이 곧 철거될 것이라는 현실적인 문제도 있었지만 명희 씨를 보면서 자극을 받았던 것도 사실이었습니다.

일을 시작하기 전에 남편과 함께 명희 씨의 집을 찾아갔습니다. 소설 〈토지〉의 배경인 평사리 바로 옆 동네 입석마을까지는 단숨에 달려갔지만 도무지 집을 찾을 수가 없었어요. 동네 사람이 명희 씨를 잘 알고 있다면서 마을과 뚝 떨어진 곳으로 우리를 데리고 갔습니다. 멀리 섬진강 모래밭이 한눈에 들어오는 산 중턱 외딴집이었습니다. 무섬증이 많은 남편은 이런 곳에서 젊은 여자가 어찌 살겠느냐고 머리를 쩔쩔 흔들었어요.

아이들은 마당에서 흙과 마른 풀을 뒤집어쓰고 강아지와 놀고 있었습니다. 초겨울 쌀쌀한 날씨인데도 얇은 내복 바람에 코끝에 콧물을 달고 있었습니다. 우리는 그날 명희 씨 집에서 하룻밤을 묵으면서 그간에 밀렸던 이야기를 나누었고 처마에 달아놓은 메주를 보며 장 담그는 법을 가르쳐주었습니다. 남편은 가장의 직장이 부산에 있는데 지리산까지 들어간 까닭을 모르겠다고 계속 고개를 갸우뚱거렸습니다.

집 짓는 일은 그녀가 소개해 준 목수에게 맡겼습니다. 울산에서 건축업을 하고 있다는 목수의 얼굴에 타고난 선량함이 묻어나서 망설임 없이 일을 맡겼습니다. 그리고 그는 우리가 기대했던 것 이상으로 아름답고 튼튼하게 집을 지어주었고 뒷수발도 아끼지 않았습니다.

명희씨와 나는 서로 떨어져 있어도 자주 소식을 주고받았습니다. 그리고 몇 년 뒤에 토지 문학제에 참석했다가 행사가 끝날 무렵 마중 나온 명희 씨 가족들과 만났습니다. 일행들과 헤어져 명희 씨 집으로 가는 길이었습니다. 어두운 비탈길을 야생마처럼 달려가는 아이들을 보면서 내 입에서는 조심하라는 말이 저절로 튀어나오는데 명희 씨 부부는 예사롭게 웃고 있었습니다. 그러던 아이들도 자라서 아들이 벌써 군대에 갈 나이가 되었으니 세월이 유수 같다는 말이 실감 납니다.

작년 봄에 친구들과 매화마을을 다녀오는 길에 잠시 들렀더니 명희 씨의 남편이 명예퇴직을 하고 시골에 와 있었습니다. 밀린 이야기를 나누고 있는데 창밖에서 밀짚모자를 쓴 그가 앞으로 갔다가 뒷걸음질로 왔다가를 거듭하는 것이 보였습니다.

"임 서방이 지금 와 저래 왔다 갔다 하고 있노?"

물었더니 직장 생활에서 벗어나 드디어 시골에 온 것이 흥감해서 어제부터 저러고 있다며 크게 웃었습니다.

명희 씨는 지금 차를 만드는 일 외에도 자연염색을 비롯하여 엑기스를 만들어 판매하거나 효소와 장아찌를 생활협동조합에 납품을 하는 한편 하동 생태해설사로 활동을 하고 있습니다. 귀농이 이민보다 힘들다는 말이 있지만 지리산은 끊임없이 도시 사람들을 유혹하고 있습니다. 그러나 실제 귀농 정착율은 20퍼센트 수준 밖에 되지 않는 현실에서 명희 씨는 사전 준비를 잘 했고 어려움을 잘 견뎌냈었다고 짐작됩니다.

명희 씨가 야생 잎을 채취하거나 차를 만드는 과정에서 자신만

이 느끼는 기쁨이 없었다면 진즉에 도시로 돌아왔을 거라고 생각합니다. 더욱이 그것이 돈을 만들기 위한 작업이었다면 절대로 그런 얼굴 표정이 나오지 않을 거라고 믿습니다. 나는 가끔 고등골에도 명희 씨 같은 사람이 있으면 좋겠다고 엉뚱한 욕심을 부립니다. 골목에서 아이들 뛰노는 소리가 들리고 해질녘이면 밥 먹으라고 불러대는 젊은 엄마가 한 사람만 있어도 고등골은 또 얼마나 활기 있고 든든할까 꿈같은 그림을 그려봅니다.

안동역에서

텔레비전에서 〈안동역에서〉 라는 노래를 들었습니다. 남자 가수가 어찌나 노래를 맛깔나게 부르는지 저절로 가락이 익혀졌습니다. 노래를 듣고 있으면 '안동에 사는 명희' 씨가 계속 떠올랐습니다. 노래를 잘 모르는 남편도 쉽게 배워진다며 신나게 주고받다가 어느 날 의기투합하여 길을 나섰습니다. 그러나 등잔 밑이 어둡다더니 정작 안동에 사는 명희 씨는 처음 듣는다고 했습니다. 이 노래를 듣고 가슴이 아프지 않다면 사람이 아니라는 내 말에 그는 너털웃음을 웃으며 우리를 안동역으로 데리고 갔습니다.

명희 씨는 단식을 하면서 만난 사람입니다. 2006년 정초에 고등골 집에서 단식 캠프가 열렸습니다. 이사 온 지 열흘 남짓 지난 터라 짐 정리도 되지 않았고 추위가 극성을 부리고 있었어요. 장소가 없어서 행사 자체를 취소해야겠다는 운영진들의 말을 듣는 순간 나도 모르게 우리 집에서라도 하자는 말이 나와 버렸던 것입니다. 그리하여 무산될 뻔했던 캠프가 열리고 나는 두 번째 단식을 시도할 수 있었습니다. 처음 단식은 명상과 채식 요리가로 알려진 문 선생님의 오두막집에서 열렸는데 열세 명의 사람들이 한 지붕 아래서 한 솥 물을 마시며 사박 오일을 보냈습니다. 그즈음 나는 피터 싱어의 실천윤리학을 읽는 중에 동물도 자의식이 있고 고통을 느낀다는 사실을 알고 채식을 하고 있는 중이었습니다. 오신채 즉 양파, 마늘, 달래, 부추 등을 먹지 않을 정도로 음식을 가리다 보니 몸이 극도로 나빠지기 시작해서 결국 병원에 가서 진찰을 받게 되었습니다. 한의사는 내가 소고기와 돼지고기를 필수적으로 먹어야 하는 토양 체질이라고 했습니다. 그렇지 않아도 채식에 한계를 느끼고 있던 참이라 얼씨구나 하며 몇 년 동안 고집했던 채식에서 미련 없이 벗어났습니다.

첫 단식을 할 때 정도의 인원이라면 충분히 수용할 수 있으리라 생각했는데 신청자가 자꾸 늘어나는 바람에 결국 진행자와 도우미

까지 서른일곱 명의 사람들이 한 지붕 아래서 오박 육일을 보냈습니다. 안동에 사는 명희 씨도 그중의 한 명이었습니다. 질끈 묶은 꽁지머리에 수염투성이의 그를 처음 만난 것은 문 선생님 집이었습니다. 그는 매일 장작을 패고 있었는데 처음에는 말을 못하는 사람인 줄 알았더니 묵언을 하고 있는 중이었습니다. 우리 집에 나타났을 때도 마찬가지였습니다. 프로그램이 모두 끝나고 돌아가는 날 나는 처음으로 그의 목소리를 들었습니다.

"선생님, 제가 장작을 패러 와도 되겠습니껴?"

바리톤 음성에 안동 사투리가 믿음직했어요. 이미 장작 패는 솜씨를 보았던 터라 당연히 승낙했습니다. 보름 정도 지난 어느 날 명희 씨는 낡은 트럭을 몰고 고등골 마당에 들어섰습니다. 그리고 한 달 가까이 아래채에 머물면서 온갖 궂은일을 하기 시작했습니다. 나무를 심을 땅을 파거나 장독을 옮기고 화단 만드는 등등 힘을 써야하는 일은 모두 명희 씨의 몫이었습니다. 나는 트럭 조수석에 앉아 시장이나 철물점에도 가고 불량품 기왓장을 얻으러 기와 공장도 뻔질나게 들락거렸습니다. 어느 날 작은 언니가 다녀가면서 은근히 걱정을 했습니다.

"집을 비울 때도 많은데 정 서방이 아무 말 안 하나? 저렇게 젊은 남자를 한집에 두고…"

"그 사람이야 명희 씨에게 늘 고맙다고 하지,"

"내 말은... 행여 오해하는 기색이 없나 이거지..."

"오해할 일이 뭐 있노?"

그러고 보니 오해하는 사람도 있는 것 같았습니다. 하루는 둘이서 불량품 기왓장을 얻어서 신나게 차에 싣고 있는데 공장장이 슬금슬금 내 눈치를 보면서 물었습니다.

"두 분께서는 어떤... 관계라요?"

"글쎄요? 공장장님 눈에는 어떻게 보이나요?"

갑자기 장난끼가 생겨나서 되물었지요. 고지식한 명희 씨가 한참 입맛을 다시더니

"예, 저는 이 선생님 댁에서 집사로 일하고 있니더."

내가 끼어들었습니다.

"집사라? 명희 씨, 좀 알아듣기 쉬운 말로 하면 안 되겠나?"

"예! 저는 이 마님 댁에서 일하는 머슴이니더."

공장장은 아, 하면서 고개를 끄덕였지만 김이 좀 빠진다는 표정이었습니다. 아무튼 그날부터 명희 씨는 공식적으로 우리 집 머슴으로 불리게 되었습니다. 홀어머니가 돌아가신 뒤에 깊은 슬픔에 빠져있던 그는 우리 시어머니를 마치 자기 어머니 대하듯 했습니다. 그렇게 나를 도와주던 명희 씨는 한 달을 꽉 채우고 다시 안동

으로 떠났습니다. 장작을 패서 처마 밑에 가지런히 쌓아놓고 기와 장으로 하수구도 예쁘게 만들어 놓고 뒤란에 작은 화단까지 조성한 뒤였습니다. 나는 준비했던 봉투를 내밀었습니다.

"이게 뭐니껴?"

"뭐긴? 새경이지. 설마 그동안 우리 딸을 넘보고 머슴을 산 것은 아닐 테지?"

김유정의 소설 〈봄봄〉을 떠올리며 말을 했더니 명희 씨도 알 아들었던지 하하하 소리 내며 웃었습니다. 골목 귀퉁이를 돌아나 가는 트럭 꽁무니를 바래고 있으니 가슴과 마당이 온통 비어버린 느낌이 들었습니다. 한동안 일손이 아쉬우면 늘 명희 씨 생각이 났 습니다. 무엇보다 건장한 머슴을 부리고 있을 때는 신이 나던 일들 이 죄다 심드렁하고 재미가 없었습니다. 중간에 머리와 수염을 말 끔하게 깎은 명희 씨가 가오리 전문 식당을 개업한다면서 찾아왔습 니다. 내가 아무리 설명을 해도 어머니는 끝까지 그를 알아보지 못 했습니다. 다음 해 명희 씨에게서 장가간다는 소식이 왔습니다.

"선생님께서 주례를 좀 서 주시면 안되니껴?"

"됐다 마, 내가 주례를 서면 안동 양반들 난리가 날 끼다, 나는 검은 머리 파뿌리 될 때까지 절대로 한눈팔지 말고 살아라, 이런 판 에 박힌 소리를 안 할 거거든, 신랑과 신부는 이 사람과 헤어질 수도 있겠거니 긴장하면서 살아라, 요따위로 말 했다가 안동 양반들에게 몰매 맞으면 어쩌려고?"

우리는 전화기를 사이에 놓고 한참 웃었습니다.

명희 씨는 먹는다는 원초적인 욕망을 내려놓고 만났던 많은 사람들 중의 한명입니다. 우리는 밥을 먹어야 살 수 있지만 밥만 먹겠다고 이 땅에 오지 않았다는 것만 알아도 살아가는 목적이 달라질 수 있겠지요. 다행히 장사가 잘되어 명희 씨는 돈을 많이 벌었습니다. 게다가 연년생으로 아이를 세 명이나 낳았으니 몸이 몇 개라도 모자랄 정도가 되었습니다. 한 번씩 여행길에 불쑥 식당에 들리면

"아이고 선생님요, 내가 묵고 사니라고 이렇게 사람 도리를 못하니더,"

푸념을 늘어놓았지만 착하고 예쁜 마누라와 토끼 새끼 같이 귀여운 아이들을 먹여 살리느라 바쁘게 뛰는 그 모습이 얼마나 보기 좋고 고마운지요.

푸른 별 김미혜

한동안 잊고 있었습니다. 전자메일 주소와 휴대폰 저장함에서 김미혜라는 이름을 지우면서 나는 그녀를 잊기로 마음 먹었었고 잊었다고 생각했습니다. 하지만 소설가 김미혜에 대한 원고를 청탁하는 전화에서 그 이름이 흘러나오는 순간 줄줄이 떠오르는 기억들이 있었습니다. 그리고 내 의사와 관계없이 세상을 떠나가고 떠나보내야 하는 근원적인 슬픔을 다시 확인했습니다.

우리는 적지 않은 나이 차이에도 불구하고 친구처럼 지냈습니다. 생각과 감정에도 생명력이 있고 스스로 창조할 힘을 가지고 있다는 사실에 동의하면서부터였는지, 인간은 자아가 있는 한 자기중

심적이 될 수밖에 없다는 것을 인정하면서부터였는지, 아니면 내면의 진실과 숨은 의도에 대한 이야기를 나눈 뒤부터였는지 잘 모르겠습니다.

2010년 1월 초 나는 다시 인도로 가기 위해 준비하고 있었습니다. 미혜의 건강 상태가 좋지 않다는 것은 알고 있었지만 목소리가 워낙 카랑카랑해서 곧 나아지려니 여겼습니다. 떠나기 전날 전화를 했더니 어머니가 받아서 바꾸어주는데 기력이 떨어진 목소리였습니다. 자정이 넘은 밤길을 달려 아파트에 도착했을 때 그녀는 앉아있기조차 힘들어했고 얼굴에 난 검은 반점들은 색이 더 짙어져 있었습니다. 나는 그때 괜찮다는 말을 계속했던 것 같습니다. 평소 괜찮다는 말을 즐겨 쓰던 미혜는 아무래도 괜찮지 않을 것 같다면서 희미하게 웃었습니다.

한 달 뒤 인도에서 돌아오는 날 경유지인 방콕 공항에서 잠가놓았던 휴대전화기를 켰습니다. 나를 기다리고 있던 문자들이 줄줄이 떠오르는데 그 첫 소식이 미혜의 장례식 날짜를 알리는 내용이었습니다. 미혜의 어머니는 영락공원에서 딸의 전화기로 내 전화를 받았습니다. 살아오면서 속수무책이 되는 순간이 있는데 그때가 그랬습니다. 나는 번잡한 공항 귀퉁이 플라스틱 의자에 앉아서 홀로 그녀의 장례식을 치렀습니다. 우리가 즐겨 사용했던 방식으로 그녀에게 작별인사를 전했습니다.

"역할이 끝났구나, 그동안 욕봤다, 잘 가라, 김미혜..."

우리는 역할이라는 단어를 무척 즐겼습니다.

"하필이면 왜 이렇게 아픈 역할을 맡았는지...그러나 악역도 잘하면 아카데미상을 주던데 혹시 압니꺼? 잘 아팠다꼬 하느님이 상이라도 주실지..."

"그러게...다음 생에는 우리 좀 괜찮은 역할을 달라고 하자."

"다음 생을 들먹이는 것이 가장 쉬운 회피 방법이라던대요."

깔깔대고 웃던 그녀였습니다. 나는 세상을 떠나는 순간에 그녀가 홀로 겪었을 두려움과 외로움보다 버튼을 누르면 공처럼 튀어나오던 목소리를 들을 수 없다는 사실이 아득해서 오랫동안 울었습니다.

기억납니다. 그녀의 모습과 표정들이...큰 키에 깡마른 체격, 긴 퍼머 머리에 굽 낮은 신발과 머플러, 조금 낡은 듯한 옷차림이 잘 어울렸던 여자, 가난했지만 기죽지 않고, 잘 웃지만 함부로 대할 수 없는 기품이 있던 여자, 자기 울타리는 엄청 높았지만 비밀스런 문 하나를 항상 열어놓았던 여자, 현대식 병원을 거부하고 몸에 항생제 투입을 용납하지 않았던 여자, 고단한 현실을 전생과 내생으로 연결해 놓고 위로받던 여자, 하나를 받으면 어떤 방식으로든 두 개를 내놓아야 직성이 풀리던 여자, 참으로 명석하고 아는 것이 많았던 여자, 그리고 나를 좋아했던 여자.

기억납니다. 연산동 본가에서 독립해 나왔을 때 아파트 벽면에 "독립기념만세"라는 플래카드를 붙여놓고 활짝 웃던 모습이...우리는 그날 독립과 해방에 대해서 이야기를 나누었던 것 같습니다. 일로부터의 해방, 사회로부터의 해방, 문명과 지식으로부터의 해방, 마인드와 자아로부터의 해방, 감각으로부터의 해방, 삶으로부터의 해방에 대해서...그리고 나아가 깨달음과 해탈에 대해서 온갖 알음알이를 동원하여 이야기를 나누었을 것입니다.

미혜는 별에 대한 이야기를 자주 했습니다. 하늘을 보면 무한하게 펼쳐져있는 우주 공간이 있고 마음만 먹으면 언제라도 그 공간을 유영할 수 있다는 사실을 그녀는 알고 있었습니다. 미혜는 아는 것이 많았지만 알고 싶은 것도 참 많았습니다. 나는 그녀에게 말했습니다. 알려지지 않는 것은 내일이라도 알 수 있겠지만 알 수 없는 것은 영원히 알 수 없으니까 굳이 알려고 하지 말자고...그러면서도 알 수 없는 세계에 존재하고 있을 신령한 에너지를 상상하고 공유했습니다. 이제 미혜는 알 수 없는 그 공간 속으로 돌아갔습니다. 나는 가끔 그녀가 보고 싶습니다. 함께 차를 마시며 너 먼저 나

먼저 수다를 떨고 싶습니다. 자랑거리가 생겼을 때, 마음에 확 드는 사람을 보았거나 한 대 때려주고 싶을 정도로 미운 사람이 있을 때, 축하받을 일이 있거나 억울하고 답답한 일이 생겼을 때, 외롭고 쓸쓸해서 죽어버리고 싶을 때, 그때마다 나는 미혜가 그리웠고 또 그립습니다.

"바람으로 떠난 작가, 김미혜" 라는 주제로 그녀의 작품세계를 조명하던 날, 예상했던 것보다 많은 사람들이 모였습니다. 그날 미혜의 오빠와 그녀의 자태를 닮은 여동생을 처음 만났습니다. 미혜를 통해 알고 있던 사람들이 내게 미혜의 이야기를 했습니다. 우리들이 나누는 이야기는 모두 과거형이었고 궁색한 대화는 중간에서 계속 끊겼습니다. 행사가 끝난 뒤 미혜를 기억하는 몇몇 지인들과 어울려 중앙동 거리를 헤맸습니다. 그리고 뛰어난 재치와 상상력이 있었음에도 불구하고 문학적 꽃을 충분히 피우지 못하고 떠난 그녀를 추억하며 아까워했습니다. 나는 늦은 시각임에도 불구하고 일행들을 차례차례 집까지 태워주었습니다. 연산동을 지나가고 그녀가 살던 토곡 한양 아파트 앞을 지나가고 함께 차를 마시며 이야기를 나누던 찻집과 밥을 먹던 식당 앞을 지나서 우리 집에 도착하였습니다. 하늘을 올려다보니 별은 보이지 않았습니다. 그녀와 나누던 말이 생각났습니다.

"고쌤요, 우리는 별이지요? 모두가 다른 크기와 빛으로 각자의 행로를 가고 있는, 간섭할 수도 간섭을 받을 수도 없는, 연결되어있지만 절대 하나가 될 수 없는 별…"

미혜는 자기 행로를 따라 간 별이었습니다. 내 곁을 스치고 지나가는 수많은 별 중에서 독특한 푸른빛을 발하다가 가뭇없이 사라져 버린 별이었습니다.

막내
이모

울산이 고향인 부모님이 젊은 시절 삶의 터전을 옮기는 바람에 나는 부산 영도에서 태어났습니다. 그러나 양가 친척들이 울산 지역 곳곳에 흩어져 살다 보니 우리 형제자매들은 동해남부선 기차를 타고 할머니가 계시는 큰집에서 방학 한철을 보내고 오는 것이 연례행사였습니다. 울산역에서 먼지가 풀풀 날리는 신작로를 시오리쯤 걸어 큰집 동네가 보이는 길목에 이르면 산모퉁이 너머로 백양사라는 작은 절 지붕이 보였지요. 사촌 언니들은 비 오는 밤이면 그 부근에서 귀신들이 우는 소리가 들린다 하면서 나의 오금을 저리게 만들었습니다. 큰집에서 노는 것이 시들해지면 삼산 들판에 사는 막내 이모 집으로 갔습니다. 이모는 밥풀눈이 귀여운 외사촌 여동생과 단둘이 살고 있었는데 나는 어머니가 따로 챙겨주는 약봉지를 이모에게 전했습니다. 도시에서는 비교적 구하기 쉬운 소화제나 미제 암포젤 엠 따위의 위장약이었는데 그 약이 이모의 속병에 큰 도움이 안 된다는 것은 철이 조금 든 뒤에 알게 되었습니다. 그 당시 나는 이모부가 6·25전쟁이 일어나던 해 북한군인들에게 총살을 당한 것으로 알았는데 정작은 보도연맹 희생자였습니다. 그리고 그 사건 속에 감추어졌던 역사적 사실을 안 것은 세월이 한참 더 흐른 뒤였습니다.

국민보도연맹은 정부가 좌익 활동을 하던 인사들을 전향시킨다는 목적으로 1949년에 결성한 조직이었습니다. 사상적으로 낙인이 찍힌 사람들을 대상으로 하다 보니 예상했던 것보다 실적이 저조할 수밖에 없어서 적극적으로 모집 운동에 들어갔습니다. 농촌에서는 이 단체의 성격을 정확하게 알지 못하고 이장이나 마을 유지들이 권유하는 대로 도장을 찍었던 사람이 많았습니다. 게다가 신분 보장이나 양식과 비료를 주지 않겠다고 협박하는 바람에 이름을 올린 이들도 있었습니다. 각 지방마다 목표 인원이 할당되다 보니 좌익 사상과 무관한 사람들이 대거 가입하는 부작용들이 비일비재했던 것입니다. 그런 와중에 6·25사변이 일어나고 아군이 후퇴하면서 수세에 몰리자 정부에서는 보도연맹회원들이 북쪽에 동조하는 것을 막기 위하여 제거하는 작전을 시작했습니다. 권력의 중심에 있던 경찰과 군인들은 잠재적인 위협 요소를 없앤다는 명분으로 이들을 색출하고 죽이는 작업에 앞장을 섰습니다. 학살은 주로 국군과 서북청년단 등 극우 단체에 의해 자행되었는데 도시 인근의 야산이나 바닷가와 폐광 등 장소를 가리지 않았습니다.

울산도 예외는 아니어서 1950년 8월 경찰과 육군 방첩부대인 CIC가 나섰습니다. 그리고 보도연맹에 가입한 민간인 870여 명을 울산시 울주군 온양읍 운화리 대운산 골짜기와 청량면 삼정리 반정 고개로 끌고 가서 총살한 뒤 생매장을 했습니다. 특히 방어진과 언양에서 희생자가 늘어난 것은 일제강점기 시절부터 이 지역에 일본인들이 많이 살았고 일본에 저항하는 청년들 또한 많았던 까닭이었습니다. 이들은 대부분 해방 후 좌익 활동을 하다가 가입한 경우였습니다. 그 당시 친일 행위를 했던 대부분의 권력자들은 항일 운동가들의 존재가 두려움의 대상이었겠지요.

세월이 흐르면서 격랑의 시대를 살아내었던 사람들도 하나둘 세상을 떠나갔습니다. 청상을 고집하며 홀로 자존심을 지켰던 막내 이모도 통도사 작은 암자에서 마지막 제를 지내는 것을 끝으로 자연스럽게 잊혀져갔습니다.

　이모를 다시 만난 것은 2009년 7월 중순 민주공원 전시관에서였습니다.

　"사진으로 보는 역사의 진실"이라는 주제로 열린 이 전시회에는 보도연맹원이라는 이름으로 죽어간 사람들의 사진이 있었는데 그 중 한 흑백사진 속에 이모가 있었습니다. 어릴 때 약봉지를 내게 건네주며 혼잣말을 하던 어머니의 목소리가 떠올랐습니다.

　"살림난 지 일 년도 못 되었을 거다. 햇 밀에 강낭콩이 드문드문 박힌 밀떡 냄새가 그리 좋더란다. 네 이모는 그게 입덧인 줄 몰랐고 조 서방도 자식이 생겼다는 사실을 알지 못한 채 죽은 게야, 에고, 저 아까운 청춘을 어쩌하면 좋을꼬? 그날 밤 운동장에 모이라는 방송을 할 때 나가지만 않았더라도 죽임을 면할 수 있었을 텐데…"

　초등학교에서 교편을 잡고 있던 이모부도 여느 희생자들처럼 한밤중에 소집 방송을 듣고 집을 나간 뒤로 생사를 알 길이 없었다고 했습니다. 이모는 몇 년 동안 남편을 찾아 헤매는 중에 생죽임을 당했다는 사실을 알았지만 모두가 공산주의자로 몰려 있는 바람에 입 밖에 내지 못했다고 합니다. 결국 4·19 학생운동으로 자유당 정권이 무너지면서 이 사실이 만천하에 알려졌고 유족들은 암매장된 유골을 발굴하여 성안동 백양사에 안치하고 위령탑을 세웠습니다. 이모가 가지런히 손을 모으고 앉아있는 그 사진은 희생자의 유골이 발굴된 1960년 10월 1일 울산유족회 사람들이 함월산 백양사에서 첫 제사를 마친 뒤 찍은 것이었습니다. 그 뒤로 전후 피해자 유가족들의 진상 요구가 받아들여져 국회에서 양민학살사건 조사 특별위원회가 구성되고 조사가 시작되었습니다. 하지만 5·16 쿠데타로 집권한 박정희 정권은 이전의 조사 내용과 자료를 모두 소각하고 유가족 대표들을 국가보안법으로 처벌하였습니다. 따라서 백양사 인근에 만들었던 묘가 파헤쳐지고 위령탑과 비문은 어딘가에 버려지는 바람에 유족들은 또다시 피눈물을 흘려야 했습니다.

방학 때 할머니 집으로 가는 길목에 있던 백양사, 비 오는 밤이면 산모퉁이에서 슬프게 우는 수많은 원혼들 중에 내 이모부의 통곡도 들어 있었고 나는 왜곡된 역사의 민낯을 온전하게 본 셈이었습니다. 떼꾼한 이모의 얼굴에는 여전히 속병을 앓고 있는 흔적이 역력했습니다. 나는 울산 출신의 한글학자인 외솔 최현배 선생이 쓴 것으로 밝혀진 합동 묘 비문을 눈으로 읽어나갔습니다.

"여기 죄 없이 학살당한 700여 명 혼백이 영원한 잠에 들어 있다. 6·25사변 당시 이분들이 하루아침에 경찰에 불리어 나간 뒤로 종적이 일향 모연하여 부모형제 자매 부처 자녀 친척을 잃은 유족들은 구곡간장에 맺힌 원한을 풀 길이 바이없어 십 년의 세월을 보내었더니 금년 4월 혁명으로 무폐 무법의 이승만 독재정권이 무너짐을 보고 그 유족 일동이 기를 쓰고 다투어서 드디어 대운산 및 반정골짝에서 그 무참하게도 구뎅이 죽임을 당한 곳을 찾아내었다. 수천의 유족들은 다시금 새로와 진통의 정을 품 안고 누루 퇴적한 백골들을 파내어 담아 여기 대합동장을 지내고 이 비를 세워 그 연유를 적고 그 명복을 비는 바이다."

라고 적혀 있었습니다.

두미도를 아시나요

상주 해수욕장을 조금 지나 미조 항에 들어서면 마치 바가지를 하나 엎어놓은 것처럼 덩그렁 솟아있는 두미도가 보입니다. 두미도는 주변으로 고만고만한 마을이 아홉 개쯤 흩어져있는 제법 큰 섬입니다. 미조 선착장에서 배를 타고 직선으로 이십여 분 달려가면 삼십여 가구가 모여 사는 북구 마을이 나오고 오른쪽 벼랑 위에 새집처럼 올망졸망한 작은 동네가 있습니다. 내가 미화네 집에 처음 올 때만 해도 일곱 가구가 살았는데 지금은 겨우 두 집에서만 사람이 살고 있습니다. 미화 엄마는 남편과 함께 그곳에서 조각배를 타고 나가 문어나 장어를 잡아 생활합니다. 그러나 대부분의 섬사람들이 그러하듯 비탈진 땅에 마늘 농사를 짓거나 고구마며 시금치를 심고 거두는 일에도 열심입니다.

두미도 남쪽에서 태어나 스물한 살 때 반대편으로 시집온 그녀는 충층시하에 속마음을 잘 드러내지 않는 남편이 하도 답답해서 매일 뭍으로 도망갈 궁리를 했답니다. 그래도 자식 농사를 잘 지어서 딸 셋에 아들 하나를 두었지요. 아이들 공부 때문에 잠시 육지로 나온 적이 있었지만 남편이 위 절제 수술을 받자 다시 들어왔으니 평생을 섬에서 보내고 있는 셈이었습니다.

딸아이가 중학교 이 학년 때였습니다. 어느 날 제 짝지를 집으로 데리고 왔는데

"엄마, 미화는 할머니하고 산대요."

하며 귓속말을 했습니다. 나는 그 말을 엄마가 없다는 것으로 알아듣고 가끔 용돈을 주거나 딸의 옷을 살 때 하나 더 골라오기도 했습니다. 그렇게 일 년쯤 지난 어느 날 미화 엄마라는 사람에게서 전화가 왔습니다.

"여기 두미도인대요."

투박한 남해 사투리가 귀에 설었습니다. 내일 아이들을 보러 부산으로 가는데 한번 만나보고 싶다는 말이었어요, 이튿날 미화 엄마는 고둥과 말리고 얼린 물고기와 시금치, 고구마, 통마늘 등을 한

보따리 가지고 우리 집에 왔습니다. 아이들이 모두 구포에 있는 할머니 집에서 학교에 다니고 있으며 미화가 둘째 딸이라는 사실도 그날 알았습니다. 그렇게 물꼬를 튼 뒤로 가끔 전화를 주고받았는데 그런 끝이면 항상 해산물과 고구마나 채소들을 보내주었습니다.

몇 년 뒤 여름휴가 때 드디어 날을 잡아 두미도로 향했습니다. 그녀는 내가 상상했던 것보다 훨씬 열악한 환경 속에서 살고 있었습니다. 애민해 하는 내 마음을 읽었던지 미화 엄마는 마늘 농사 잘 지으면 일 년 생활비가 충분하고 방목해서 키우는 염소가 목돈을 만들어 주니까 학비며 약값을 염려할 것이 없다고 환하게 웃었습니다. 그날 밤 우리는 방파제에 나가 많은 이야기를 주고받았습니다.

"젊었을 때는 매일 뭍으로 가는 꿈을 꾸었지요. 그런데 막상 미화 아버지가 아파 누우니 거짓말처럼 그 생각이 없어지데요. 사람 마음 참 우습지요?"

"자기 본성이 착해서 그런 거야."

"착하기는요, 아마 늘 일에 쫓기니까 행동에 옮길 여유가 없었던 것 같아요. 그런데 사람 그리운 병은 시도 때도 없으니 기가 막힐 노릇이라요."

"말 나눌 이웃이라도 좀 있으면 좋겠구마는...."

그날 밤 나는 휴가 때마다 오겠다고 손가락을 걸었습니다.

　새벽 다섯 시에 부산을 출발하여 차 타고 배를 타고 두미도에 도착했습니다. 미화 엄마는 수더분하게 생긴 외모와 달리 손끝이 깔끔해서 오래된 집이라도 막 씻어놓은 무처럼 안팎이 정갈합니다. 말수가 적은 미화 아버지가 횟감을 건져오고 음식을 준비하느라 동동걸음을 치는 미화 엄마 몸뻬 바지에서 바람 소리가 났습니다. 나도 물때에 맞추어 바다로 나갔습니다. 갯바위 돌 틈 사이에 크고 맛있는 고둥이 지천이라 시간 가는 줄 모르고 잡다 보니 아랫도리가 몽땅 젖었습니다. 망태기를 가득 채워오는 나를 보고 그녀는 놀라서 입을 딱 벌렸습니다.

　"내가 영도 바닷가에서 자랐다 아이가."

　저녁밥을 먹은 뒤 방파제에 나가 돗자리를 깔고 드러누웠더니 흡사 바다 위에 떠 있는 기분이었습니다. 갯바위들이 모두 물속에 잠기고 파도조차 없으니 산기슭 풀숲에서 짝짓기하는 풀벌레 소리가 정겨웠습니다. 하늘을 올려보니 세상의 별들이 모두 두미도로 모여든 것 같았습니다. 너무 편안해도 근원에서 솟아나는 눈물이 있다더니 코가 맹맹해지면서 잠이 쏟아졌어요.

　다음날 오후에 태풍이 북상하고 있다는 소식이 들렸습니다. 태풍이 오면 적어도 오일 정도는 발이 묶인다면서 그녀는 우리 등을 떠밀었습니다. 그 바람에 이박 삼일로 계획했던 휴가가 일박으로 끝나게 되었습니다.

"아이고, 나만 두고 모두 가네."

미화 엄마가 방파제 끝에서 손을 흔들며 우는 표정을 지었습니다. 집으로 돌아오니 밤 열두 시가 넘었습니다. 급하게 챙겨준 박스를 풀어보니 문어와 볼락이 가득 들어 있었습니다.

무더위가 한풀 꺾이고 새벽바람이 이불깃을 끌어올리게 하는 새벽녘입니다. 올해 겨울은 강추위가 길어질 것 같다는 기상대의 예보도 들립니다. 더 늦기 전에 두미도에 한 번 더 다녀와야겠다고 달력을 들여다봅니다. 명분이야 밀감을 따서 보내주겠다는 미화 엄마의 수고를 덜어주고 싶다는 것이지만 그 염염한 바다에 다시 누워 보고 싶은 마음 때문입니다.

세월이 많이 흘렀고 두미도에 가보지 못한 지도 몇 해가 지났습니다. 그동안 아이들은 자라서 어른이 되었고 우리는 꽁지 빠진 새처럼 빈 둥지에서 자식들의 소식을 해바라기 하는 처지가 되었습니다. 지금도 가끔 미화엄마와 연락을 주고받지만 대부분 맥이 빠지는 소식이 많습니다. 몇 년 전에는 힘에 부쳐서 배를 팔았다더니 작년에는 허리수술을 받았다기에 병문안을 다녀왔습니다. 한창 때는 밤을 새워 이야기를 나누어도 할 말이 태산이더니 지금은 만나도 별로 할 이야기가 없습니다. 그래도 두미도는 내게 늘 그리운 이름이며 꿈처럼 아련한 공간입니다. 지나고 보면 어느 순간인들 그렇지 않을까마는 없는 시간을 쪼개서 섬으로 떠나던 그때가 내 삶의 절정이었던 것 같습니다.

당초무늬 그릇 빚어

우연히 가락도원에 들리게 되었습니다. 주로 실생활에 사용하는 분청 그릇들을 만드는데 가격이 저렴해서 구입하는데 큰 부담이 없었습니다. 그러나 한 번씩 전통가마에 불을 붙이는 날이 있는데 내가 간 때가 바로 그런 날이었습니다. 마당 한쪽에 자리 잡은 커다란 가마솥 뚜껑에는 삽겹살이 기름을 흘리며 익고 있었지요. 동동주가 한 순배 돌았고 사물놀이 장단에 어깨춤을 추는 사람들도 보였습니다. 가마에 불을 넣는 날이면 부정한 기운을 막기 위하여 외부인의 출입을 막는 것으로 알고 있었던 터라 색다른 느낌이 들었습니다.

가락도원에서 만든 그릇에는 유난히 당초의 문양을 많이 볼 수 있었습니다. 넝쿨 식물인 당초는 끊어지지 않는 속성이 있어서 모란과 결합하면 부귀가 만대에 이어지고 국화와 함께 그리면 장수를 기원하는 인간의 바람을 표현한다고 했습니다. 포도는 다산을 뜻한다니 추상적 기법으로 그린 당초의 여백에는 인간들의 원초적인 소망들이 담겨있는 셈이었습니다. 자정 무렵이 되자 사람들이 하나 둘 돌아가는데 나는 계속 남아서 불 때는 것을 도와주었습니다. 가마는 경사진 곳에 다섯 칸으로 나뉘어 있지만 모두 연결되어서 온도가 올라가면 칸칸에 붙은 구멍으로 집중적인 열을 가하는 방식이었습니다. 그러다 보니 장작을 밀어 넣는 작은 구멍으로 그릇이 익어가는 과정과 시시각각 달라지는 불의 조화를 볼 수 있었습니다. 가마 안은 온통 불꽃의 세계였습니다. 노발리스가 그랬던가요? 나무는 꽃 피는 불꽃에 지나지 않고 인간은 말하는 불꽃, 동물은 떠돌아다니는 불꽃이라고...

나는 벌겋게 타오르던 불길이 주황에서 노란색으로 넘어가는 순간을 놓치지 않았습니다. 새벽이 가까워지자 가마 속은 파란 불길로 너울거리더니 드디어 절정의 순간이 왔습니다. 하얀 에너지 덩어리가 빠르게 진동하고 있었고 때를 맞추어 크고 작은 그릇들이 스물스물 움직이는 것처럼 보였습니다. 흙이 단단한 도자기로 몸을 바꾸는 순간은 마치 엄청난 비밀의 장면을 보는 것처럼 가슴이 두근거렸습니다.

　가마가 식기를 기다린 끝에 다시 가락도원을 찾았습니다. 그 열기를 오롯이 감당하면서 불 속에 앉아있던 그릇들이 어떤 모습을 하고 있을지 궁금했습니다. 붐비던 마당은 적막했고 두 마리의 강아지는 낯선 사람이 와도 짖을 생각조차 없어 보였습니다. 이가 빠진 분청 사발을 앞에 놓고 네 다리를 뻗은 채 졸고 있는 모습을 보면서 주인을 잘 만나면 개도 도자기에 밥을 담아 먹는구나 싶었습니다. 그릇은 그저 그릇일 뿐이지만 부처님 앞에 놓으면 공양 제기가 되고 강아지 앞에 놓으면 개밥그릇이라는 이름이 붙을 뿐이었습니다. 도공은 그날 일교차가 심하고 바람까지 불어서 시간이 많이 걸렸다면서 머리를 쩔쩔 흔들었습니다. 결국 솜씨도 중요하지만 불과 바람의 역할이 크다는 말이었습니다. 고향인 산청에서 양질의 고령토를 가져오고 유약도 스스로 만들기 때문에 품질을 자신할 수 있지만 바람이나 불은 마음대로 되지 않는다는 것이었습니다.

　도공이 아궁이를 막았던 벽돌들을 떼어내고 비좁은 가마 안에 들어갔습니다. 그토록 나무를 많이 땠는데도 불구하고 재는 채 한 삽도 되지 않았습니다. 사랑이나 미움이나 모든 욕망의 감정들도 그렇게 여한 없이 태우고 나면 미련이라는 재가 남지 않을 것 같았습니다. 나도 가마 안으로 들어가 작업을 도왔습니다. 땀이 줄줄 흘러내리는 것이 찜질방 사우나가 따로 없었어요. 그러나 좁고 뜨거워도 답답하지 않는 것은 도자기가 익으면서 뿜어낸 원적외선 때문이라니 도공의 얼굴이 나이답지 않게 깨끗한 이유를 알 것 같았습니다. 그릇을 두 손바닥으로 감싸니 따끈따끈한 감촉이 갓 태어난 아기를 받는 기분이었습니다. 밖에서 보니 한쪽 면이 덜 익거나 변형된 것이 많아서 안타까웠습니다. 적갈색 조그만 찻잔 하나가 눈에 들어왔습니다. 안쪽 바닥에 우윳빛과 어울린 비취색 무늬가 앙금이 앉은 것처럼 신비로운 느낌을 주었습니다. 소나무 송진의 기운이 모이면 그런 색으로 나온다는 말을 들으니 질량 불변의 법칙이라는 말이 떠올랐습니다. 물질의 형태는 시시각각 변하지만 그 물질을 구성하고 있는 인자는 여전히 우주 안에 존재하고 있다는 것을 실제로 보는 기분이었습니다. 도공은 담담했습니다.

"젊었을 때는 불을 지필 때마다 큰 기대가 있었지요, 그러나 작품들이 세상에 나오면 그 기대는 여지없이 무너지고 어찌나 못나고 초라한지 눈길을 주기 싫을 때가 많았어요, 그래도 그릇들을 손질하기 시작하면 또 다른 감동이 일어나더라고요, 마치 못난 자식이지만 내가 낳았으니 거두어야 한다는 마음이랄까? 새로운 정이 솟아나는 기분이랄까? 아이도 처음 세상에 나왔을 때는 그렇잖아요, 태를 자르고 목욕시켜서 자세히 보면 요놈이 내 새끼구나 하는 심정이 되는 것처럼, 지금도 그 마음은 여전해요, 무심히 되어야 한다는 것은 알지만 기대감이 일어나는 것은 어쩔 수 없어요, 삼십 년이 넘었으면 그만 속을 때도 되었으련만…"

충분히 공감할 수 있는 말이었습니다.

도자기를 말할 때 이도다완을 빼놓을 수 없습니다. 일본인들이 열광하는 이 국보급 다완은 조선 사람이 만든 평범한 막사발이지만 무심의 극치에서 나온 작품으로 평가되고 있습니다. 조금 서투른 듯, 조금 모자란 듯, 좀 더 손을 대도 될 것 같은데 상상의 여백을 남겨놓았으니 그 평범함의 힘이 천하의 명기요, 대명물의 정체다, 라고 찬사를 보내지요. 미학자인 야나기 무네요시 또한

"훌륭하다, 어쩌면 이다지도 평범한가?"

하고 탄성을 질렀다고 합니다. 사람이나 물건이나 조금 빈 구석이 있어야 다른 것이 담길 여지가 있는데 나는 아직도 빈 곳을 채우려고 이렇게 안달을 부리고 있구나, 싶었습니다.

마무리를 하고 나오니 도공이 작업을 도와준 보답이라면서 예의 그 찻잔을 선물로 주었습니다. 며칠 동안 눈앞에서 불꽃이 아른

거렸습니다. 그리고 가끔은 시공간을 거슬러 가야시대 옷차림으로 당초무늬 그릇을 빚고 있는 도공의 모습도 겹쳐졌습니다.

빈
집

어느 날 우편으로 그림 전시회 팸플릿이 하나 왔습니다. 전혀
모르는 사람이지만 두 장 실려 있는 그림에 마음이 끌려서 날짜에
맞추어 전시장을 찾아갔습니다. 용두산 공원 계단 옆에 자리한 갤
러리에 들어섰더니 술이 잔뜩 취한 화가가 나를 맞았습니다. 순간
아차, 잘못 왔구나 싶었지만 그렇다고 바로 나와버릴 수도 없는 일
이었습니다. 나는 성의 없이 둘러보다가 〈빈집〉이라는 제목이 붙
은 그림 앞에서 걸음을 멈추었습니다. 방문과 부엌 여닫이는 굳게
닫혀있고 까만 양철지붕 위에 머문 햇살이 눈부셨습니다. 방 하나
와 작은 마루와 부엌이 전부인데 외양간으로 보이는 공간도 붙어있

었습니다. 뒤란을 향해 나 있는 조그만 창문 하나가 많은 것을 상상하게 만들었고 목련 나무가 꽃을 피우고 있는 마당이 정갈한 것으로 보아 주인은 잠시 외출을 한 것 같았습니다. 가격표를 훔쳐보니 만만치 않은 액수여서 한걸음 뒤로 물러났습니다. 화가가 다가오더니 문뱃내를 풍기며 말을 걸었습니다.

"혹시 이 집이 마음에 드십니까?"

내가 고개를 끄덕이자 그는 신이 나서 말했습니다.

"등기 이전은 바로 해 드릴 수 있습니다. 아무런 하자가 없는 집이거든요."

집을 사지 않겠다고 하면 크게 실망을 할 것 같아서 자의 반 타의 반 빨간딱지를 붙였습니다. 부어주는 음료수를 마시고 있는데 입구에 평론가 최 선생의 얼굴이 보였습니다. 그는 내게 팸플릿을 보내긴 했지만 전시장까지 올 줄 몰랐다면서 자기 일처럼 기뻐했습니다. 전업 화가인 박병제와 정식으로 인사를 나누었습니다. 이마에 시멘트 바닥에 엎어진 것처럼 보이는 상처 때문에 바로 보기가 민망했지만 그는 조금도 개의치 않는 표정이었습니다.

최 선생을 통하여 화가에 대한 이야기를 조금씩 듣게 되었습니다. 그는 재개발이 시작되고 있는 사직동 주공 아파트에 살고 있는데 베란다에서 작업을 한다고 했습니다. 그가 그린 그림 속에 시장

통에서 흔히 만날 수 있는 사람들과 오래된 동네와 골목길이 많은 이유를 알 것 같았습니다. 하지만 자칫 궁상맞아 보일 수도 있을 그림 속에는 희망과 넉넉함이 배어있다고 했습니다. 최 선생은 화가가 가끔 작품을 몽땅 불 속에 쓸어 넣고 자신도 뛰어들고 싶다면서 협박 아닌 협박을 할 때가 있다며 특유의 웃음으로 허허 웃었습니다.

"월급쟁이 선생 주제에 내가 그림 살 돈이 어디 있습니까? 그래서 할부로 구입할 때가 많은데 다음 날 바로 돈 내놓으라고 찾아온다니까요. 그러나 어쩝니까, 화가에게 힘을 주는 방법은 그 사람의 그림을 보아주고 사랑해 주는 일이 아니겠습니까?"

최 선생의 극진한 마음에 전염이 되어 나도 약속을 했습니다.

"앞으로 전시회를 열면 나도 꼭 한 점씩 구입할게요."

그래야 물감을 살 거 아니냐고 했더니 최 선생이 몹시 좋아했습니다. 그때만 해도 나는 전시회란 이삼 년에 한 번쯤 여는 것으로 계산했습니다. 결론적으로 화가는 그 해 세 번이나 팸플릿을 보내왔는데 알고 보니 열 점 정도만 완성이 되면 전시회를 열었던 것입니다. 그렇다고 내 입으로 한 약속을 어길 수 없는 일이라 항상 크기가 작은 것을 골라서 딱지를 붙였습니다. 세월이 가면서 팸플릿을 받아들 때마다 덜컥 내려앉던 가슴도 반가움으로 바뀌었습니다. 화가는 가끔 물감 살 돈이 없다거나 술이 마시고 싶다거나 병원에 입원해 있으니 문병을 오라고 내게 전화를 했습니다. 나는 그의 누님이 된 것은 기뻤지만 갈수록 줄어드는 몸피를 보는 것은 몹시 마음에 걸렸습니다.

고등골 집 거실에 화가의 그림이 몇 점 걸려있습니다. 그 중에 고개를 외로 꼰 여인이 머리에 수건을 쓰고 눈으로 한껏 웃고 있는 그림이 있습니다. 무릎 위에 올려놓은 깍지 낀 두 손은 엄청나게 크고 검고 굵은 종아리는 아주 건강합니다. 엄지발톱에 반쯤 지워진 붉은 메니큐어 자국이 선명한 맨발인데 신발은 어디 벗어두었는지 보이지 않습니다. 그리고 그의 그림에 자주 등장하는 물고기 한 마리가 여인 앞에 시퍼렇게 가로누워있습니다.

화가와 최 선생이 이 그림을 들고 우리 집으로 찾아온 날이었습니다. 나는 전날 여행에서 돌아온 까닭에 시차 적응이 되지 않아 비몽사몽 중에 있었습니다.

"고 쌤요, 내가 눈을 그리지 못해 한 달 동안 술을 마셨습니더."

말을 듣지 않았으면 예사로 보아 넘길 정도로 단순해 보이는 눈이었어요. 최 선생이 그 말을 받았습니다.

"그래, 내가 그 한 달 동안 술을 다 샀습니더, 그런데 이렇게 불

공평한 일이 어데 있습니꺼, 사람이 양심이 있어야지, 나에게는 종이 쪼가리 하나 그냥 준 적이 없으면서..."

"어허, 마 조용히 하소."

두 사람은 오기 전부터 다투었던지 계속 티격태격했습니다. 며칠 뒤에 나는 까닭을 알게 되었습니다. 화가가 한동안 낡은 장판지에 그림을 그린 적이 있었는데 특이한 기법과 친숙한 색감으로 사람들의 호응이 한창 높아지는 가운데 중단을 해 버렸다는 것이었습니다. 최 선생이 그 재료로 그림을 한 점만 그려 달라고 부탁을 했지만 장판지가 하나도 없다면서 고개를 저었다는 것이었어요.

"우리는 원래 싸우면서 친해진 사이 아입니까, 내가 그 그림을 보는 순간 질투가 올라와서 먼저 시비를 걸었지요. 흐흐흐. 고 쌤을 그렸다니까 잘 간수하셔요. 박 화백이 화룡점정을 못해서 한 달 동안 끙끙거렸다는 거 그거 사실입니다."

화가는 우리 아들이 결혼식을 할 때도 그림을 한 점 들고 왔습니다. 나에게 빚진 마음이 있는 모양이었습니다.

2009년 가을, 박병제 화가는 홀연히 세상을 떠나버렸습니다. 고등골에 온 뒤로 약속을 지키지 못했던 터라 내 마음이 많이 아프고 무거웠습니다.

다음 해 화가를 아끼던 사람들이 마음과 작품을 모아 회고전이 열렸고 생전에는 엄두도 낼 수 없었던 개인 화집을 만들어 그의 정신세계를 조명했습니다.

　"질감의 주름, 흰 그늘의 길"이라는 표제가 붙은 화집의 책갈피에는 내가 미처 보지 못했던 화가의 여러 모습들이 깃들어 있었습니다.

잃어버린 휴대폰

집 뒤에 재래식 화장실을 만들기로 하고 지붕 덮을 나무를 사러 목재소로 가는 길이었습니다. 갑자기 외딴 야적장에서 연기와 함께 불길이 치솟더니 무섭게 번져나가는 것이 눈에 들어왔어요. 놀라서 소방서에 신고를 하는데 인근에 있던 사람들이 뛰쳐나와 불을 끄기 시작했습니다. 불길이 조금 잡히는 것을 보고 나무를 사서 돌아왔는데 주머니 속에 있어야 할 휴대폰이 보이지 않았습니다. 놀란 마음에 땅에 떨어트린 모양이었습니다. 입력되어 있는 전화번호가 몽땅 없어질 판이라 내 전화번호를 계속 눌러봐도 받는 사람이 없었습니다. 옳거니, 그 부근에 있는 것이 분명하다 하고 달려가는데 들고 가던 남편의 휴대폰이 울렸습니다.

"여기 상북에 있는 능산반점인대요, 제가 배달을 가다가 이 전화기를 주웠거든요."

"아이고, 고맙습니다. 안 그래도 지금 찾고 있는 중인데 바로 달려가겠습니다."

석남사로 가는 국도변에 있는 능산반점은 시골 노인처럼 옹색했지만 주인 남자는 씩씩하고 젊은 사람이었습니다. 전화기를 돌려받는데 금돼지 한 마리가 눈에 들어왔습니다. 몇 년 전 거래처 아우가 생일선물로 걸어준 한 돈짜리 액세서리였습니다. 아무 생각 없이 받아든 손이 부끄러웠습니다. 지갑을 들고 오지 않아 사례를 못하는 것을 미안해하자 채소를 다듬고 있던 그의 아내가 손을 저었습니다.

"무슨 말씀을요, 그냥 가시소, 괜찮습니더."

"제가 나중에 꼭 다시 들르겠습니다."

그렇게 약속을 하고 돌아왔지만 그 나중이 보름을 훌쩍 넘겼습니다.

얼기설기 간이 화장실을 만들어놓고 저녁밥을 고민하는 중에 능산반점이 떠올랐습니다. 중국 음식을 좋아하지 않지만 이참에

빚을 갚아야겠다 싶어서 달려갔더니 나를 바라보는 두 사람의 얼굴에 웃음꽃이 활짝 피었습니다.

"자장면 다섯 개에 팔보채 하나!"

나는 화장실을 다녀오면서 미리 준비해 갔던 10만 원짜리 백화점 상품권을 건넸습니다. 토끼 눈이 되는 그녀의 얼굴을 보니 짐을 벗은 듯 마음이 가벼워졌어요.

"아니 사모님, 이건 너무 과분한대요."

"너무 고마워서 그래요."

주고받은 인사가 양념이 되었던지 자장면 맛이 아주 좋았습니다.

"능산반점 자장면 맛이 괜찮다는 말을 들었는데 진짜 그렇네. 앞으로 자주 와야겠다."

함께 간 친구의 말을 들으니 단골이 될 조짐이 보였습니다.

딸아이가 아르바이트를 하여 사 준 휴대폰을 일주일 만에 잃어버린 적이 있었습니다. 떨어트린 장소로 바로 달려갔지만 누군가가 주워간 뒤였습니다. 요즘에는 공짜로 주는 휴대폰이 있지만 그무렵에는 가격이 비쌌기 때문에 딸에게 미안하고 애가 탔습니다. 나는 물건을 돌려준다면 충분히 사례하리라 마음먹고 전화번호를 눌러봤지만 전원이 꺼져있다는 기계음만 계속 흘러나왔습니다. 행여 소식이 올까 한 달쯤 기다렸습니다. 그것은 휴대폰에 대한 미련이라기보다 사람에 대한 기대였습니다. 시간이 가면서 섭섭함이 원망으로 바뀌던 기억들이 떠올랐습니다.

모두들 술밥 간에 한껏 부른 배를 안고 식당을 나서는데 여자가 검은 비닐봉지를 내밀었습니다.

"냉동실에 있는 조기를 몇 마리 넣었습니더, 우리 오빠가 배를 타는데 잡아서 바로 간을 했으니 그냥 녹여서 구워서 드시면 됩니더."

받아드는 봉지가 묵직했습니다.

"아이고, 이건 너무 과분한대요."

"아이고, 내가 고마워서 그래요."

좀 전에 나누었던 말을 서로 바꾸어 주고받았습니다. 한번 걸음을 트니 중국집에 갈 일이 자주 생겼습니다. 오랜만에 올라온 아이들과 함께 갖가지 중국요리를 맛보고 오는 길에 남편이 말했습니다.

"저런 사람들만 있으면 법이 없어도 세상이 잘 돌아갈 텐데…"

내 생각은 좀 달랐습니다. 힘이 센 사람들이야 그 힘으로 살 수 있겠지만 약한 사람들에게는 반드시 보호해줄 법이 있어야 한다고 말했습니다. 정말 법이 없어도 살 수 있는 세상이 온다면 얼마나 좋을까마는 인간의 속성은 늘 내 이익을 우선으로 하니 사람들 간에 갈등이 일어나기 마련입니다. 그런 과정에서 피해를 보는 것은 항상 마음이 여린 사람입니다. 착하다는 말을 듣는 사람은 잘못되고 부당한 일을 당해도 자기의 탓으로 돌리고 양보하는 경우가 많습니다. 그러다보니 제멋대로 사는 사람이 휘두르는 주먹에 상처받을 수밖에 없겠지요. 그들 부부는 아무 대가를 바라지 않고 휴대폰을 돌려주었겠지만 금돼지를 발견하는 순간 잠시 갈등했을지도 모릅니다. 그 유혹을 떨쳐내고 돌려준 것은 그들이 평소에도 남의 것을 탐하지 않는 마음으로 살아왔기 때문일 것입니다. 그러나 내가 달랑 물건만 가져오고 고마움을 표현하지 않았다면 똑같은 현상이 일어났을 때 어떠했을까요. 그리고 열 번쯤 그런 경험을 계속한 뒤에도 남의 물건을 바로 돌려줄 수 있을까요. 그런 의미에서 나는 어떤 식으로든 그들에게 대가를 지불할 책임과 의무가 있었던 것입니다. 어쨌거나 그들 부부처럼 본성에서 들리는 소리를 외면하지 않고 행동과 바로 연결할 수 있는 사람들이 늘어간다면 세상은 훨씬 살기 좋은 곳으로 바뀔 것이라고 믿었습니다.

언양에서 석남사로 가는 국도를 지나갈 일이 있으면 길가 어디쯤 노란색 간판이 달려있는 능산반점을 찾아보세요. 자장면을 한 그릇 시켜놓고 앞으로 만날 인연들을 꿈꾸면서 그들과 어떤 꽃을 피울 것인지도 상상해 보세요.

셰익스피어는 자기의 존재에 대하여 끊임없이 놀라는 것이 인생이라고 했습니다. 나는 다양한 사람들과의 만남이 내 존재를 확인할 수 있는 가장 좋은 방법이라 믿고 있습니다. 덧붙인다면 좋건 나쁘건 자신이 모르고 있던 부분을 만나는 순간과 스스로에게 놀랄 시간이 많다면 아름다운 사람이 분명하다는 사실입니다.

알
수
없
는
세
상

　함양에 있는 인산가에서 진행되는 자연의학 프로그램에 참석했습니다. 오래전에 누군가가 우리에게 죽염을 권하는 바람에 인산가와 인연이 되었는데 그 과정에서 인산 김일훈 선생의 〈신약〉이라는 책을 만났습니다. 책 속에는 만물이 서로 돕고 사는 원리를 꿰뚫지 않고서는 발상조차 할 수 없는 내용들이 가득했습니다. 나는 특히 홍화씨나 생강, 황태 등을 나름으로 잘 이용했고 효과도 많이 보았습니다. 그럴 때면 선생님을 뵙고 싶다고 생각했는데 차일피일 미루고 있던 중에 세상을 떠났다는 소식을 들었습니다. 그 뒤로 산소라도 한번 찾으려고 늘 마음에 두고 있던 참이었습니다.

인산가에 도착하여 방을 배정받았는데 남편은 남자들 숙소로 가고 나는 서울에서 온 할머니 한 분과 방을 쓰게 되었습니다. 전영순 할머니는 아흔두 살의 나이에도 매주 도봉산에 오른다면서 조근조근 자신의 이야기를 들려주셨습니다. 쉰 후반에 등산을 시작하여 전국에 있는 유명한 산을 모두 오른 뒤 일흔을 넘으면서부터는 해외 원정에 눈을 떴다고 했습니다. 백두산과 타이완의 위산, 일본의 북알프스와 대설산 등을 차례차례 다녀온 뒤에 히말라야에 도전을 했다는 말에 벌어진 입이 다물어지지 않았습니다.

"내가 일흔일곱 살에 킬리만자로와 낭가파르바트에 올라갔었거든, 그런데 4,100m 고지에서 한 젊은 남자가 나를 보더니 깜짝 놀라며 어떻게 여기까지 왔느냐고 묻는 거야, 어떻게 오긴, 그냥 걸어왔지 했더니 사진을 몇 장 찍자고 하더라고, 그런데 한국에 돌아와 보니까 그야말로 난리가 났어, 알고 보니 젊은이가 중앙일보 기자였는데 내 사진과 기사가 전면으로 나갔던 거야, 한동안 방송국에 불려 다닌다고 바빴는데 그때부터 인산가에서 나를 후원하기 시작했지, 이번에도 김 사장이 성화를 부리는 바람에 내려왔는데 그 마음이 어찌나 고마운지...."

나란히 잠자리에 들었을 때 할머니가 혼잣말을 하는 것처럼 속삭였습니다.

"살다 보면 하늘이 한 번씩 보너스를 줄 때가 있는 것 같아, 참 알 수 없는 세상이야."

다음 날 곱게 화장을 한 할머니는 배낭을 메고 부산에 있는 딸 집으로 떠났습니다. 하룻밤으로 끝난 인연이었지만 가끔가끔 생각이 나는 분이었습니다.

그날 나는 의도적으로 김 사장과 마주 앉아서 아침밥을 먹었습니다. 아버지가 평생 정성을 쏟았던 죽염을 사업으로 키우고 있는 그가 대견하고 고마워서 나는 조금 흥분해 있었습니다.

"사장님, 제가 도울 일이 있을까요?"

물었더니 그는 주식을 좀 사 주면 회사 살림에 큰 도움이 될 거라고 했습니다. 주식에 대해서 아무것도 모르는 나는 즉석에서 그러겠다고 약속을 했습니다. 사흘 뒤 우리는 도착하는 날 그랬던 것처럼 할아버지 산소에 올라가서 보라색 도라지꽃을 한 송이 꺾어놓고 큰절을 올렸습니다.

"내가 죽은 뒤에 이곳을 찾아오는 사람들이야말로 진정 나의 의술을 잘 활용할 수 있는 사람들이다."

살아계실 때 하셨다는 그 말씀을 떠올리며 치장 하나 없는 무덤가에 한참 앉아 있었습니다.

집으로 와서 돈을 몽땅 털었더니 2,500만 원 정도 되었고 1만주를 살 수 있었습니다. 주식을 사놓은 뒤에야 나는 뒤늦게 비상장 주식은 큰 수익으로 돌아올 수도 있지만 언제 휴짓조각이 될지 모를 정도로 위험성이 높다는 것을 알았습니다. 남편이 소금 장사하는 기업이 잘되면 얼마나 잘 되겠느냐고 염장을 지르는 바람에 속을 끓이다가 본전 되찾기는 아예 글렀다며 포기하는 쪽으로 가닥을 잡았습니다. 가끔 돈이 궁해지면 어쩌자고 팔지도 못하는 주식을 한꺼번에 그리 많이 샀던가 하고 가슴을 쳤습니다. 그렇게 인산가를 다녀온 지 9년이 지나는 동안 전 할머니가 돌아가셨다는 소문을 들었습니다.

올해 김장을 할 때였습니다. 아이들이 모두 올라와도 여벌 일손을 구해야 할 판인데 마침 우리 일을 도와주는 최 여사가 친구를 한 명 데리고 왔습니다. 김장을 끝내고 밥을 먹는 중에 그녀가 매년 인산가에서 진행하는 힐링 캠프에 참가한다는 사실을 알았습니다. 인산가가 나날이 발전하고 있다는 소식 끝에 주식 이야기가 따라오고 2년 전에 상장이 되었다는 것을 알았습니다. 마치 할아버지께서 내게 사람을 보내서 알려주시는 듯한 느낌이 들었습니다.

"1만 주나 가지고 있다고요?"

그녀는 나보다 더 흥분해서 검색을 해보더니 매입을 했을 당시

보다 두 배 이상 올랐다고 했습니다. 한 달쯤 뒤 가상 화폐 하락으로 온 나라가 떠들썩할 때 서면에 있는 증권회사에 예탁해 둔 주식을 내놓았더니 한나절 만에 몽땅 팔렸습니다. 통장을 들여다보면서 이 돈이 과연 어떤 과정을 거치면서 이렇게 불어났는지 알 수 없어서 계속 고개를 갸웃거렸습니다.

나는 평소에 돈은 피와 닮은 점이 아주 많다고 생각합니다. 돌아다니면서 생명력을 키우는 부분에서는 실체가 없는 신기루와 같지만 실질적으로 사람의 생사를 갈라놓을 정도로 큰 힘을 가지고 있습니다. 부족하면 악성 빈혈을 앓는 것처럼 생활에 지장이 있고 부정한 돈은 나쁜 음식처럼 혈액을 혼탁하게 만들기 마련이지요. 살아있는 피는 흐르기 마련이고 돈도 돌아다니면서 생명력을 과시합니다. 그래서 돈을 쌓아두기만 하면 어떤 식으로건 쓸 일이 생기는데 그것은 돈이 가진 속성이고 몸부림입니다. 나는 단 100원이 모자라도 진입을 허락하지 않는 차단기 앞에서 혹은 100원이 부족해도 다음 단계가 허락되지 않는 카드 앞에서 두려움을 느낄 때가 있습니다. 한 치의 융통성과 배려가 허용하지 않는 기계와 그 시스템 앞에서 속수무책이 되는 순간도 많았습니다.

쉽게 돈을 벌어 본 적이 없는 나는 이 돈의 행로를 두고 잠시 행복한 고민에 빠졌습니다. 아는 사람이 다른 주식에 투자해보라고 했지만 황홀한 경험은 한 번으로 충분하다며 손을 저었습니다. 그리고 이 기회에 마음이 내키는 대로 돈을 한번 써보기로 마음먹었습니다. 쉽게 들어온 돈은 쉽게 나가기 마련이고 내 그릇에 가득 찬 물은 넘치기 전에 퍼 쓰는 것이 상책이라 여겼습니다. 오랜만에 할머니 생각이 났습니다. 알 수 없는 세상이라고 속삭이던 아흔두 살의 할머니의 말씀이 조금 와 닿는 기분이 들었습니다.

날이 풀리면 함양 나들이를 한번 할 계획입니다. 상림 숲길을 걸으면서 연두색 새움으로 오고 있을 봄을 만나고 나날이 발전해가는 인산가와 할아버지 산소를 찾아가 감사의 큰절도 올리고 싶습니다.

어느 갠 날의 기억

흉
내
내
기

남도 여행길에 올랐습니다. 명분은 가을 여행이고 숨은 뜻은 흉
내 내기였습니다.

연극배우인 박정자 씨는 환갑이 되는 해 사십여 명의 지인들에
게 무조건 공항으로 나오라고 연락을 했답니다. 그때 손숙 씨만 공
연 때문에 빠지고 나머지 사람들이 모두 나왔는데 그녀는 경비를
몽땅 자신이 부담하여 2박3일 여행을 지인들에게 선물했던 것입니
다. 그 말을 들었을 때 나도 한 번쯤 그런 흉내를 내보고 싶다는 마
음이 있었지요.

우리나라에서 월드컵 경기가 열리던 해였습니다. 대학 졸업여

행으로 동강을 다녀온 아들이 내게 래프팅을 한번 해보라고 권했습니다. 기질이 발동하여 주변 사람들을 꼬드겨서 스무 명이 모였는데 모두들 기대에 부풀어 있었습니다. 그런데 하필이면 강원도로 떠나기 전날 태풍 루사가 찾아왔습니다. 남부 지방에 이백여 명의 인명 피해가 났을 만큼 큰 태풍이었습니다. 그렇다고 준비가 다 된 여행을 취소할 수도 없는 일이라 강행하기로 했습니다. 출발하는 날 아침, 겁이 아주 많은 두 사람이 빠졌지만 우리는 태풍을 등에 업고 강원도로 떠났습니다. 동강에 도착하니 바람은 조금 약해졌지만 강물이 불어나서 래프팅이 전면 금지된 상태였습니다. 꿩이 없으면 닭으로 대신하자고 시도한 것이 산악 오토바이와 서바이벌 게임이었습니다. 폭우 속에서 하는 전쟁놀이는 게임인 줄 뻔히 아는데도 온몸이 와들와들 떨릴 정도로 무서웠습니다. 그것을 시작으로 모두들 일 년에 한 번씩 강원도 여행을 하자는데 마음을 모았습니다. 다음 해에도 공교롭게 출발하기 전날 호우주의보가 내렸습니다. 동강에 도착하니 벌건 황토물이 넘쳐흘렀지만 우리는 더 이상 미룰 수 없다하며 래프팅을 시도했습니다. 그런데 막상 보트에 올라앉으니 윗니 아랫니가 딱딱딱 소리를 내면서 마주치기 시작했습니다. 앞자리에 앉은 남편의 얼굴은 새파랗게 질려있고 후회와 원망의 눈길을 내게 보내고 있었습니다. 믿는 것은 헬멧과 구명

조끼와 앞뒤에 붙은 두 명의 강사가 전부였습니다. 보트는 작은 나무 이파리나 다름없었습니다. 두 시간 반 코스를 삼십 분 만에 도착했으니 그냥 정신없이 떠내려 온 셈이었지요. 결국 래프팅의 한은 다음 해에 한탄강 쪽으로 가서 풀었습니다. 이런 여행에 재미를 붙인 일행들이 여름이 되면 나를 졸라댔지만 고등골로 이사 오는 바람에 중단이 되고 말았습니다.

그러던 어느 날 함께 여행을 다니던 한 아우에게서 전화가 왔습니다. 나 살기 바빠서 소식을 모르고 지냈더니 암 투병 중에 있다고 했습니다.

"형님요, 나는 아무래도 오래 못 살 것 같소, 강원도 여행 다니던 때가 진짜 봄날이었네요. 내가 죽고 없더라도 우리 윤 선생 여행 갈 때마다 꼭 데리고 가주소, 나 뒷바라지한다고 저리 고생하고 있으니 미안하고 가슴이 아프요."

"무슨 소리? 빨리 나아서 우리 동강에 가서 래프팅 한 번 더 해야지."

우리는 서로 낄낄대며 웃었습니다. 문병을 다녀온 지 한 달 쯤 뒤에 아우는 세상을 떠나고 말았습니다. 누구보다 열심히 살던 그녀가 그렇게 가는 것을 보니 허망한 생각이 들었습니다. 혼자 남은 윤 선생을 보면서 결혼 생활 35년 동안 그래도 큰 우환 없이 살고 있다는 사실이 감사하게 느껴졌습니다. 그 끝으로 가슴 속에서 꿈틀꿈틀 움직이는 것이 있었습니다. 그것은 새로운 일을 시도할 때 감지되는 전조현상 같은 것이었어요. 우리는 그때 네팔 쪽을 여행하려고 돈을 모으고 있는 중이었는데 그 돈이면 충분히 실행할 수 있는 일이었습니다. 두 사람이 떠날 여행 경비로 스무 명이 즐길 수 있다면 망설일 필요가 없었습니다.

단골 버스 기사와 일정을 짰습니다. 통영을 거쳐 곡성에서 레일 바이크를 탄 뒤 순천만 갈대밭과 고흥반도를 구경하고 해남 대흥사와 함평 생태 공원을 돌아보기로 했습니다. 그쪽에는 맛있는 음식이 많으니 안성맞춤이었습니다. 계획은 세웠지만 모두들 생활에 발목이 묶여서 3박 4일 여행에 선뜻 동참할 사람이 그리 많지 않았습니다. 그나마 돈을 입금한 사람도 일이 생겨 못 가게 되고 휴가까지 낸 한 친구는 갑자기 부친상을 당하는 바람에 중간에서 빠지는 등 우여곡절이 많았습니다. 그래도 스무 명이 딱 맞게 모였는데 윤 선생은 아내 대신 친구를 한 명 데리고 왔습니다. 출발하는데 비가 내리기 시작하더니 바람과 함께 빗줄기가 굵어지기 시작했습니다. 누군가가 날씨를 탓하고 누군가는 분위기 있다고 좋아하고 또 누군가는 하늘이 같이 하는 것이라고 우스개를 나누는 중에 통영에 도착했습니다. 케이블카를 타고 내려다본 다도해는 안개와 함께 우리들의 마음을 촉촉하게 적셔주었습니다. 그러나 한껏 기대했던 미남 크루즈는 시끄러운 음악 때문에 완전히 망쳐버렸어요.

다음 날 광한루를 찾았을 때 비는 그쳤지만 기온이 겨울 못지않게 내려가기 시작하더니 곡성에서 레일바이크를 탈 때는 바람이 차가웠습니다. 셋째 날은 고흥반도 외나로도 인근에 있는 펜션에서 하룻밤을 보내고 인공위성 발사장인 우주센터를 구경했어요. 운주사에 도착했더니 와불님은 여전히 사이좋게 머리를 맞대고 누워계셨습니다. 함평 국화전시장을 구경하는 것을 끝으로 3박 4일의 일정이 모두 끝났습니다. 낯선 사람들에게 불편을 줄 수 있다고 망설이던 사돈 내외와 친정 언니도 일행들과 친해져서 활짝 웃고 있었어요.

부산으로 출발하는 차 안에서 나는 드디어 일행들에게 준비했던 봉투를 하나씩 나누어 주었습니다. 그들이 입금시켰던 여행 경비 27만 원을 되돌려주는 작업이었습니다. 봉투를 열어본 언니는 내가 정신이 없어서 엉뚱한 것을 주었다고 생각했는지 혀를 끌끌 차며 안타까운 눈길을 보내고 있었습니다. 가장 먼저 상황을 파악한 윤 선생의 표정이 조금씩 변하더니 눈물을 흘리기 시작했습니다. 눈물은 전염병과 같은 속성이 있는지 모두들 눈자위가 벌게졌습니다. 우리는 너나없이 세상을 떠나간 그녀를 생각하고 있었던 것입니다. 한 번도 빠진 적 없이 여행에 따라나섰던 한 친구가 손바닥으로 내 등을 세게 쳤습니다.

"여행을 갈 때마다 태풍과 비를 불러들여 간을 떨어지게 만들더니 이제는 사기까지 치고 있으니 원..."

그녀의 눈도 젖어있었어요. 일정을 짜고 참석자 명단을 체크하는 동안 입이 근질근질했지만 나는 용케도 잘 참았습니다. 무엇보다 기분이 좋은 것은 이 비밀 작전을 눈치채지 못하고 동참해준 사람이 열여덟 명이나 되었다는 사실이었습니다. 표절은 위법이 분명하고 처벌을 받아야 마땅하겠지만 이런 흉내 내기는 용서받을 수 있겠지요.

되
로
주
고
말
로
받
다

1박 2일 동안 집 안팎이 시끌벅적했습니다. 남도 여행에 참가했던 사람들이 고등골에서 한바탕 뒤풀이를 벌였던 것입니다. 살다 보면 특별한 일이 일어날 때는 감이 잡히기 마련인데 이번에는 그런 것이 전혀 작동을 하지 않았습니다.

여행을 끝내고 돌아오는 차 안에서 전통 혼례를 전문으로 하고 있는 친구가 되돌려 받은 돈을 전부 모아서 좋은 일에 쓰면 어떻겠느냐고 의견을 내놓았습니다. 내가 우리 부부의 성의를 그런 식으로 몰고 가면 왜곡될 수 있다고 만류를 했었지요. 그녀는 저녁밥을 사는 것으로 반분이나 풀리는 눈치였습니다. 그런데 밥을 먹는 자리에서 나 몰래 뒤풀이 이야기가 나왔던 모양이었습니다. 며칠 뒤 윤 선생에게서 전화가 왔는데 뒤풀이 모임을 고등골에서 하고 싶다기에 그러라고 했습니다. 모임 날이 12월 첫째 주 금요일이라기에 주말이면 내 친구가 일 때문에 참석하기 힘드니까 그렇게 날을 잡았나 보다 짐작했지요.

날씨는 겨울답지 않게 화창하고 따뜻했습니다. 아침부터 사람들이 하나둘 모여들기 시작하기에 다들 빨리도 오네, 싶었습니다. 트럭 한 대가 마당으로 들어서는데 짐칸에 가마가 실려 있어서 친구가 일하러 가는 길에 잠시 들렀나 보다 생각했습니다. 혼례장에서 일을 도우고 있는 며느리와 아들이 트럭에서 내렸습니다. 출장 혼례 때는 두 사람이 화장과 사진을 담당하고 있기에 그것도 자연스럽게 보아 넘겼습니다.

"고 선생님, 안방을 좀 보여 주세요."

애가 보기보다 궁금증이 많구나, 싶었는데 안으로 들어서는 것과 동시에 커다란 화장 가방을 펼쳐놓는데 아차, 싶었습니다.

"제가 예쁘게 신부 화장을 해 드릴게요."

"세상에… 이렇게 사람 뒤통수를 치는 법이 어데 있노?"

하며 뒷걸음질을 쳤더니

"아이고, 우리는 완전히 단체로 뒤통수를 맞았다 아이가, 그렇게 큰 죄를 지어놓고 무사히 넘어갈 줄 알았더냐?"

당황하는 내 모습이 재미있는지 모두들 깔깔댔습니다. 그러고 보니 한 친구가 아들의 나이를 물었던 기억이 났어요. 눈치를 챌까 봐 우회적인 방법으로 결혼한 햇수를 계산했다면서 결혼 35주년에 는 부부가 서로 산호로 된 선물을 주고받으며 의식을 치른다고 했 습니다. 보석을 팔기 위해서 보석상들이 그런 수완을 부린 것이 분 명했습니다.

문득 돌아가신 친정 부모님이 떠올랐습니다. 우리 아버지와 어 머니는 부부의 연을 맺고 60년을 해로하셨는데 아무런 의식도 한 번 못해 드렸구나 싶었습니다. 서양에서도 그 정도 함께 산 부부에 게는 금강혼식이라 하여 다이아몬드로 된 선물을 주고받는다고 했 습니다. 신부 화장을 받고 있는데 정말 여러 감정들이 올라오더군 요. 결혼식 날 검은 머리 파뿌리가 되도록 사랑하며 살라는 주례의 말을 들을 때만 해도 그 파뿌리는 남의 경우에만 해당되는 단어였 습니다. 오랜만에 거울 속에 비친 내 얼굴을 들여다보니 머리에는 억새꽃이 만발했고 얼굴에는 참으로 골고루도 주름이 늘었습니다. 이럴 줄 알았으면 염색이라도 했을 텐데 하는 원망과 부끄러움 끝 으로 울컥, 목에 걸리는 것이 있었습니다.

이 사람은 한 생을 건너뛰어도 다시 만날 수밖에 없는 인연이 아닐까 하는 생각이 들었던 것입니다. 너무나 다른 인격체를 가진 두 사람이 만나서 살아오는 동안 참으로 갈등이 많았습니다. 하지만 성격이 다르기 때문에 살 수 있었지 같았더라면 열 번도 더 헤어졌을 거라고 생각하니 널뛰기를 하던 감정들이 조용해졌습니다.

족두리를 쓰고 연지 곤지를 찍은 뒤에 꽃신을 신고 마당으로 내려섰습니다. 주례 역할을 맡은 윤 선생이 도포에 갓을 쓰고 홀기를 부르고 나보다 나이가 적은 그의 친구는 친정아버지 역할을 맡았습니다. 사모관대에 예복을 갖추고 기러기 한 쌍을 안고 들어오는 남편도 그렇지만 가마를 탄 나 역시 쑥스러워 죽을 지경이었습니다.

모두들 핸드폰으로 사진을 찍는 가운데서 남편이 큰절을 하다가 옷자락을 밟고 자빠지는 바람에 한바탕 웃음보가 터졌습니다. 웃 각시들이 양팔을 붙들어 주었지만 큰절을 올리는 것이 어려웠습니다. 전통 혼례를 그대로 재현한 셈이었지요.

예식이 끝난 뒤에는 축시를 낭송하고 소리꾼들이 사랑가를 불러주니 예상치 못했던 선물에 가슴이 벅찼습니다. 그날 밤은 남도 여행의 후일담과 혼인식을 몰래 준비하면서 일어났던 에피소드를 주고받느라 온밤을 새웠습니다. 그리고 이 일은 윤 선생의 딸이 전후 사정 이야기를 듣고 제안을 했다는 것을 알았습니다.

다음 날 아침 일찍 일어나 밖을 내다보니 청명하던 날씨는 간

데 없고 흐린 하늘에 바람까지 불고 있었습니다. 산책을 나갔던 윤 선생이

"야아, 잔칫날 기똥차게 참 잘 잡았구나. 신랑 각시 앞으로 아주 잘 살겠다."

하며 덕담을 건넸습니다. 해장국을 끓이고 있는데 늦잠을 자고 나온 친구들이

"아이고, 새 각시가 부엌에 있으면 안 되지, 그나저나 첫날밤은 어땠노?"

하고 물었습니다.

"그냥 잤다 어쩔래? 이왕 잔치 벌인 김에 신혼여행도 보내주면 안 되겠나?"

"그건 늙은 신랑각시께서 알아서 하시지요."

이틀에 걸친 잔치가 모두 끝나고 집으로 돌아가면서 우리끼리 즐기기에는 아까운 행사였다고 입을 모았습니다. 며칠 뒤 친구가 잘 나온 사진들을 현상하여 앨범과 큰 액자까지 몇 개 만들어 왔습니다. 나는 액자를 웃방 구석에 걸어놓았습니다.

산호혼식을 올렸다고 해서 달라진 것은 아무것도 없습니다. 우리는 여전히 싸울 때가 많고 나는 또 다음 생에는 절대 저 사람을 만나지 않겠다고 다짐을 하다가 실없이 웃고 맙니다. 전생을 보고

싶으면 어제를 돌아보고 내생이 궁금하면 지금 이 순간을 보라는 말이 떠오르기 때문입니다. 어쩌다 사진에 눈길이 가면 나는 되로 주고 말로 받았다는 말이 이런 경우를 두고 하는구나 싶습니다. 그러고 보면 인생은 힘들고 고단하지만 가끔은 그런대로 살만하다는 어른들의 말이 참 맞다는 생각이 듭니다.

이름 값

세상에 존재하는 것들은 고유한 이름이 있습니다. 이름이 없다고 존재가 무시되는 것은 아니겠지만 이름으로 각각의 역할이 구분되어지니 현실 세계에서는 반드시 필요한 것이 사실입니다. 이름이 '이르다' 라는 어원에서 나왔다니 자식의 이름에는 사회에서 훌륭한 자리에 가기를 바라는 부모님의 소망이 담겨있는 셈입니다. 그런 뜻에서 보면 인간의 일생은 이름이 내포하고 있는 의미를 펼치는 과정인지도 모릅니다. 그러나 내 이름에는 부모님의 희망이 담겨 있을 뿐 정작 나의 바람이 포함될 여지가 없었으니 스스로 별칭을 지어 자신에게 선물해 보는 것도 괜찮은 일일 것입니다. 나는 이름 때문에 덕을 많이 보는 사람입니다. 어느 해 신년 인사로 한 선배가 덕담을 담은 메일을 보내주셨습니다.

"공자께서 이르기를 착한 사람과 사귀는 것은 마치 난초와 지초를 가꾸고 있는 방으로 들어가는 것과 같아 오래 있으면 그 향기를 맡지 못해도 그것과 동화된다"

라는 해석까지 달아서요.

금정산 산행을 할 때였습니다. 소설가 이규정 선생님께서

"세상에 가장 비싼 난이 무엇인지 아는 사람?"

하고 물었습니다. 일행들은 변이종 춘란부터 한란, 문주란 등등 온갖 난의 이름을 내놓았습니다. 고개를 계속 저으시던 선생님께서 내 이름을 입에 올리시며

"높은 곳에서 금빛으로 빛나는 난초가 제일 비쌀 수밖에…"

하시며 한바탕 웃었습니다. 그 과분한 덕담은 아마도 앞으로 소설가로서의 이름값을 하라는 뜻이 들어있었다는 생각이 듭니다.

아바타라는 영성 프로그램에 참석한 날이었습니다. 나는 그때 망설임 없이 난초라는 별칭을 지어서 스스로에게 선물을 했습니다. 금빛 찬란한 난초보다 한 포기 소박한 자생란이 되고 싶다는 마음이었습니다. 주변에서 어울리지 않는다고 태방을 들은 적도 있

었고 화투짝에 나오는 그 오월 난초냐고 놀리기도 해서 그건 난초가 아니라 붓꽃이거든요, 하고 샐쭉해지기도 했습니다. 하지만 오랜 지기들은 지금도 스스럼없이 난초라고 불러줍니다. 난은 꽃을 피우기가 힘들고 스스로는 맡을 수 없지만 그 향이 주변을 정화 시킨다는 의미에서 과분한 별칭이기도 합니다.

남편의 별칭은 신령님으로 통합니다. 가끔 오랜만에 아는 사람들이 만나서 서로 안부를 주고받다 보면 내막을 모르는 사람들은 남편이 철학관을 하고 있는지 오해를 할 때도 있습니다. 그런 별칭을 가지게 된 사연을 일일이 설명할 수 없어서 웃고 넘기지만 지금 생각하면 그만큼 큰 별칭을 가지기도 쉬운 일이 아니라는 생각이 듭니다.

40대 초반에 남편은 변강쇠로 불렸습니다. 만성 위염으로 직장까지 그만둔 사람에게 어울리지 않는 파격적인 별칭이었어요. 그 당시 변강쇠 시리즈 영화가 유명세를 타고 있었는데 친구들은 그가 건강해지기 바라는 마음을 담아 많이 불러주었습니다. 그 바람에 초등학교에 다니던 아들이 제 아버지 이름을 묻는 처녀 선생에게 변강쇠라고 답을 하는 웃지 못할 일도 일어났습니다. 그러던 어느 날 내가 밥을 먹지 못할 정도로 몸이 나빠지기 시작했습니다. 아무래도 큰 병에 걸린 것이 분명하다 싶어 병원으로 갔더니 임신을 했다는 결과가 나왔습니다. 이 나이에 임신이라니, 게다가 나는 딸을 낳은 뒤로 복강경 수술을 한 터였습니다. 의사는 그런 수술을 받았더라도 임신을 하는 수가 간혹 있지만 대부분 자궁 외 임신이 되기 때문에 출혈이 심해져서 실려 온다면서 이렇게 정상임신이 된 경우는 처음 본다고 했습니다.

남편은 대한민국 불임 여성들을 모두 데려오라고 큰소리를 쳤지만 내 등에서 진땀이 흐르고 있었습니다. 불혹에 들어서면서 나는 여자로써의 기능이 끝났다는 마음에 해산의 고통을 다시 겪어보고 싶다는 말을 자주 입에 올렸던 것입니다. 말이 씨가 된다더니 예사로 내뱉은 그 말들이 뿌리를 내리고 잎이 트고 꽃이 되어 현실에 나타난 셈이었습니다.

나는 지금도 변강쇠라는 별칭이 남편의 건강을 되찾는데 큰 역할을 했다고 생각합니다. 나이가 들어가면서 부담스러웠던지 스스로 산신령이라고 별칭을 바꾸었습니다. 산을 자주 오르다 보니 산 친구들이 더러 불러주던 이름이었습니다. 나도 그 별칭이 무척 마음에 들었습니다. 친구들은 난초가 아무리 잘났다고 뽐을 내 보아야 신령님 손바닥 안에 있다면서 나를 놀리기도 합니다. 하루아침에 변강쇠에서 산신령의 단계로 올라간 남편은 가끔 정말 산신령 같은 행동으로 주변 사람들을 즐겁게 만들 때가 있습니다.

한실마을 외딴집에 혼자 사는 할머니가 있었습니다. 단칸방에 조그만 마루와 재래식 부엌 하나가 전부인 낡은 오두막이었어요. 남편이 한실 집에 도착해서 가장 먼저 하는 일은 할머니가 집에 있나 없나 망을 보다가 마루 한쪽에 놓여있는 걸레통 밑에 몰래 돈을 넣어두고 오는 것이었습니다. 내가 하필이면 왜 걸레통이냐고 물으면 방으로 들어가거나 나올 때 치워야 할 위치에 두었으니까 금방 발견할 수 있을 거라며 재미있어했습니다. 그렇게 몰래 용돈을 드리고 있는 셈이었습니다. 어느 날 할머니가 그 돈은 연화산 신령님이 주는 것이라면서 만원은 인근 절에 가서 부처님 앞에 시주를 하고 나머지로 장에 가서 생선을 사다 먹는다는 소문이 들렸습니다. 꼬리가 길면 잡히기 마련이라 몇 달 지나지 않아 들통이 났지만 그 뒤로도 항상 안부를 묻고 용돈을 챙겨드렸습니다. 할머니가 돌아가셨다는 소문을 들은 한참 뒤에 아들이라는 남자에게서 전화가 왔습니다. 그리고 우리가 한실 집으로 가는 날에 맞추어 찾아와서 전화번호가 몇 개 적힌 공책을 보여 주었습니다. 연필로 비뚤비뚤 쓴 산신령님이라는 이름 옆에 남편의 번호도 끼어있었습니다.

나는 삶이 이름이나 별칭과 무관하지 않게 흘러간다고 생각합니다. 사람이 이름을 따라가는 것인지 이름이 사람을 만드는 것인지 알 수 없지만 우리는 모두 자기의 이름값을 하면서 살고 있는 것

또한 틀림없는 일입니다.

시
절
인
연

고등골로 이사를 가기 전 유야무야 몸담고 있던 문학 단체에서
모두 나왔습니다. 회갑이 되기 전에 사회생활에서 한발자국 뒤로
물러나야 한다고 마음먹고 있던 터였습니다. 나는 어떤 직책이나
자리를 탐해 본 적이 없어서 나름으로 자유로운 사람이라고 생각하
고 있었지요. 그런데 올봄에 이런 편견들이 깨지는 일이 일어났습
니다. 십 년 이상 거의 참석조차 하지 않았는데 부산소설가협회 회
장 자리가 다가왔던 것입니다. 우선 주어질 임무와 책임을 피하고
싶어서 손사래부터 쳤습니다. 그때 내세운 이유가 바로 나이였습
니다. 하지만 상황은 내 의도와 전혀 다르게 흘러가고 있었습니다.

시절 인연이라는 말이 떠올랐습니다. 그 자리는 내가 욕심을 낸다고 주어지는 자리도 아니고 무작정 도망을 간다고 피할 일도 아니었습니다.

후배 여성 소설가들을 위해 물꼬를 틔우는 일과 다름없다는 말에 생각을 바꾸었습니다. 그리고 직책을 굳이 사양했던 핵심적인 이유가 내 시간을 빼앗기고 싶지 않다는 이기적인 마음에서 비롯되었다는 사실을 알아차렸습니다.

선배 소설가들에게 일일이 전화를 드렸습니다. 모두들 격려의 말씀과 함께 축하해 주었습니다. 나는 그동안 전화 한 통에도 무척 인색한 사람이었구나 싶었습니다. 이규정 선생님이 병중에 계시다는 것도 안부 전화를 드리고서야 알았습니다. 뵙지 못했던 몇 년 사이에 사모님이 통역을 해야 할 정도로 귀가 나빠져 있었습니다. 문안 인사를 가겠다고 했더니 굳이 사양하시는 바람에 결국 다음으로 미루었습니다. 그때까지만 해도 내 머리 속에 있는 선생님은 곧 병상을 털고 일어나실 분이었기에 상태가 조금 좋아지면 뵈러가야겠다고 생각했습니다.

내 이름 앞에 정식으로 회장이라는 수식어가 붙은 뒤부터 공식적인 일들이 주어지기 시작했습니다. 나는 최선을 다해 일을 하되 잘하려고 애를 쓰지는 않겠다고 스스로에게 다짐했습니다. 자리가 사람을 만든다는 말이 있는 것처럼 나의 행동 범위가 조금씩 넓어져 갔습니다. 임원들을 뽑고 첫 이사회를 개최하느라 바쁜 나날을 보내던 어느 날 이 선생님의 부음 소식을 전해 들었습니다. 제일 먼저 올라오는 감정은 기회를 놓쳤구나 하는 안타까움이었습니다. 나는 당연히 소설가 협회장으로 장례를 치를 것이라 여겼는데 아드님이 신부로 있는 터라 성당에서 주관한다는 연락이 왔습니다. 많은 사람들이 마지막 가시는 선생님을 배웅하기 위해 성당으로 모여들었습니다. 장례미사는 아름답고 장엄해서 아쉽고 슬픈 마음을 달래주었습니다. 이른 시간인데도 불구하고 문인들 또한 그 수를 헬 수 없을 정도로 참석을 했지만 정작 장지인 천안공원묘지까지 동행할 사람이 없었습니다. 영락공원에서 그런 사실을 확인한 순간, 나는 바로 개인적인 일정을 바꾸었습니다. 하루 만에 다녀오기에는 먼 거리였지만 집행부에서 반드시 해야 할 일이었습니다. 그것은 내가 공식적인 자리에 있지 않았다면 엄두를 내지 못할 일이었습니다. 임원 세 명이 버스에 올랐습니다. 이때도 나는 시절 인연이라는 말을 생각했습니다. 시절 인연이란 불교에서 화두 공부를 하는 사람들이 쓰는 것으로 큰 의문 하나를 마음속에 품고 세월을 보내다 보면 필연적으로 풀리는 때가 있기 마련이라는 뜻으로 알고 있습니다. 세월을 두고 겁이라는 표현을 쓰는데 이것은 천지가 개벽을 시작한 때부터 다음번 개벽할 때까지의 기간을 말합니다. 연기설을 중히 여기는 불교에서는 오백 겁의 전생 인연이 있어야 이생에서 옷깃이 한번 스치는 인연으로 만난다고 하니 결국 헬수 없이 기나긴 시간의 은유적 표현이라 보면 되겠지요. 백 년에 한 번씩 지상으로 내려오는 선녀의 옷자락이 사방 사십 리의 바위를 닳아 없애는 시간, 천년에 한 방울씩 떨어지는 낙숫물에 집채만 한 바위가 뚫리는 시간, 사방 사십 리의 철성에 겨자씨를 가득 채운 뒤 백년에 한 알씩 꺼내어 다 비워질 때까지의 기간을 일 겁으로 본다니 인간의 상상력으로는 가늠이 되지 않는 개념입니다. 이러한 겁을 바탕으로 인연을 이야기할 때 같은 나라에 태어나는 것은 천겁, 하룻길을 동행하는 것은 이천 겁, 하룻밤 함께 묵는 것은 삼천 겁, 부부로 맺어지는 것은 팔천 겁, 형제로 만나는 것은 구천 겁, 부모나 스승으로 모시게 되는 것은 만겁이 필요하다고 합니다. 상상하기조차 어려운 개념이지만 결국 이런 표현은 지금 이 순간 내가 처해있는 상황과 내 앞에 있는 사람을 귀하고 중요하게 여기라는 말이라 여겨졌습니다.

이규정 선생님과의 인연은 무척 오래되었지만 그 먼 장지에 내가 따라가는 것은 염두에 두지 않았던 일이었습니다. 그러고 보면 인연이란 우리가 알 수 없는 어떤 큰 법칙에 의해 저절로 만나고 헤어지는 것이니 그저 시절 인연이라는 말로 이해할 수밖에 없다고 느꼈습니다.

장지에서 마지막 의식을 치르고 있는 중에 한 여자에게 눈길이 갔습니다. 검은 상복을 입은 것으로 보아 상주가 분명한데 어디선가 본 듯한 얼굴이었습니다. 고개를 갸웃하다가 이 선생님과 소설가 김미혜의 집안이 사돈 관계에 있다는 사실이 생각났습니다.

"언니에게 고 선생님 이야기를 많이 들었습니다."

독일에서 살고 있는 그녀는 가족들과 함께 급하게 귀국을 했다면서 대학생이 된 딸과 아들을 소개했습니다. 나는 오랜만에 죽은 김미혜를 생각했고 또다시 시절 인연이라는 말을 떠올렸습니다. 누군가가 흙이 되어 본향으로 돌아가는 이 순간 어디에선가 남녀가 사랑을 나누고 있을 것이며 또 어디선가 새 생명이 태어나고 있을 것이 분명했습니다. 만날 사람은 만나고 비껴갈 사람은 비껴가고 일어날 일은 일어나고 일어나지 말아야 할 일은 일어나지 않을 것이라며 나는 충분히 안도했습니다. 국장인 김 소설가가 다가와 내 팔짱을 끼면서 낮게 속삭였습니다.

"선생님, 우리 참 잘 왔지요? 장례미사에 왔다가 가톨릭에 입문하는 사람이 아주 많대요."

나는 고개를 끄덕이면서 팔에 힘을 주는 것으로 그녀의 말에 동의했습니다. 집에 도착하니 자정이 가까웠습니다. 마음은 가벼웠지만 몸은 좀 고단했습니다.

초
록
공
간

거제동 국제신문사 뒤편에 있는 초록공간에 자주 갔던 적이 있
었습니다. 작은 행사를 하거나 강의를 들을 수 있는 곳으로 누구나
사용할 수 있는 주택이었습니다. 환경운동을 하는 사람들이 주머
니를 털어 마련한 장소인 만큼 주인이 따로 없고 책임지고 관리하
는 사람도 없었습니다. 처음에는 노숙자나 비행청소년들의 아지트
가 되지 않을까 걱정을 했다는데 워낙 깨끗하게 이용을 하고 있으
니 그런 사람들이 감히 발을 들여놓지 못한다는 것이었습니다. 도
심 복판에 대문을 활짝 열어놓고 사람을 기다리는 집이 있다는 사
실이 참 귀하게 느껴졌습니다. 누군가가 이 공간을 두고 주인이 없

지만 누구나 주인이 될 수 있는 집, 모두가 주인이지만 정작은 주인이 없는 나룻배라는 표현을 썼습니다. 상식적으로 주인 없는 나룻배는 엉뚱한 곳으로 떠내려가기 마련인데 세상에는 아직도 머리로 이해할 수 없는 일들이 일어나고 있구나 싶었습니다. 그러나 현실적으로는 달마다 들어가는 적지 않은 월세와 유지비 때문에 걱정이 많은 듯 보였습니다.

한때 반구대 부근 오지마을에 작은 집을 한 채 가지고 있었습니다. 만덕에 이사를 온 직후에 구입했다가 작년에 팔았으니 22년 동안 내 소유로 있던 집이었습니다. 내 소유라는 것은 소유하고 있는 동안 마음대로 사용할 수 있다는 것이지 영원히 내 것이라는 뜻은 결코 아닙니다. 한실 여벌 집은 그런 삶의 이치를 실행하라고 나를 선택해 준 집이었고 세상 모든 것이 그러하다는 것을 조금 일찍 터득한 우리는 그런 개념으로 그 집을 사용했습니다.

어느 날 남편의 친구들이 집들이에 왔다가 촌집을 하나 구입해서 함께 즐기면 좋겠다는 말이 나왔습니다. 모두들 찬성을 했고 급기야는 성질이 급한 친구가 각서를 쓰기에 이르렀지요. 일곱 명의 사람이 아직 생기지도 않은 별장을 두고 흥분해서 자필서명에 엄지손가락 도장까지 야무지게 찍었습니다. 남편이 언양 쪽을 추천하면서 집을 구하는 일에 적극적으로 나섰습니다. 그렇게 몇 달 동안 찾아다닌 끝에 한실마을에서 오랫동안 비어있던 집을 하나 발견했습니다. 대지 80평에 12평 오두막이 전부인 작은 공간이었지만 그 첩첩산중에서 일곱 자식을 모두 대학에 보냈다는 전설 같은 이야기를 간직하고 있는 대단한 집이었습니다. 친구들이 둘러보고 하나같이 좋다고 해서 계약을 했는데 잔금을 칠 무렵이 되자 하나둘 꽁무니를 빼기 시작했습니다. 그날 분위기에 취해서 도장을 찍었지만 현실적인 걱정들이 발목을 잡는 모양이었습니다. 결론적으로 우리는 혼자서라도 그 집을 사지 않으면 안 될 상황에 처해졌고 무리를 해서 잔금을 치렀지요. 십 년 이상 비어있던 낡은 집을 수리하느라 돈이 많이 들어갔지만 여벌 집이 한 채 생기니 갑자기 삶의 질이 확 높아지는 느낌이 들었습니다. 승용차로 한 시간 남짓에 갈 수 있는 거리여서 우리는 주말은 물론이고 먹던 밥을 싸 들고 달려갈 때도 있었습니다. 같은 하늘과 달과 별도 그곳에 가면 다르게 보이고 선사시대의 이상한 기운이 느껴지는 특별한 공간이었습니다.

일 년쯤 지나서 우리는 지인들에게 집을 개방했습니다. 집도 음식처럼 사람 훈기가 없으면 쉬 상하기 마련이라 찾아오는 사람들이 기운을 보태준다고 생각했습니다. 그곳에서 하룻밤 잠을 자 본 사람들은 여인의 젖무덤처럼 편안한 둥근 산과 사연 댐의 신비로운 물빛에 혼이 빼앗기기 일쑤였습니다. 특히 부산에서 활동하는 소설가와 시인들이 단골손님이 되는 바람에 책을 한 권 묶어내자는 말이 나올 정도로 한실마을을 배경으로 작품들이 쏟아져 나왔습니다. 공방을 운영하고 있는 시인이 백년 된 한옥에서 대청마루로 썼던 나무를 다듬어 〈한실초재〉라는 조그만 현판을 처마 밑에 달면서 집의 격조도 더해졌습니다. 수요가 늘어나니 남녀가 유별하다하여 어렵게 아래채를 하나 더 지었습니다. 모임이나 행사 끝이면 일곱 평 남짓한 그 황토 방에서 일어났던 사연들이 뒤풀이 단골메뉴가 되었습니다. 아지랑이가 피어오르던 어느 봄, 밤새워 어울려 놀고 난 다음 날이었습니다. 여자들은 언덕에서 삼삼오오 모여서 쑥을 캐고 남자들은 양지 바른 무덤가에 누워서 햇볕바라기를 하고 있었던 것 같습니다. 한 선배 소설가는 그때 누이들의 웃음소리가 나비처럼 날아오르는데 까닭 없이 눈물이 흘러내리더라고 고백했습니다. 한실마을은 그렇게 사람을 근원으로 데려가는 알 수 없는 기운이 있었습니다.

　남편은 특히 그곳을 귀하게 여겼습니다. 웃통을 벗어부치고 나무를 해 오거나 낫으로 풀을 베면서 촌사람의 면모를 아낌없이 보여주었지요. 그러면서 은근히 나를 유혹했습니다.

　"나이가 좀 더 들면 도시 생활 정리하고 시골로 오자, 한실은 너무 불편하니까 큰형님 계시는 태기 마을에 기와집 한 채 짓자, 약초도 심고 채소도 키우면서 천년만년 살아보자, 우리가 노후를 그렇게 보내려고 열심히 일했다 아이가, 당신은 손가락 하나 까딱하지 말고 그냥 글만 쓰면 된다. 내가 뒷바라지 다 할 테니까 알았지요? 고 여사…"

그런 말을 할 때면 언제 위장이 아픈 적이 있었느냐는 듯 편해지는 얼굴이었습니다. 나도 마음이 풀려서 코맹맹이 소리를 내었습니다.

"보소, 나는 형님 동네는 가고 싶지 않소, 쪼매 떨어진 마을에 집을 지으면 안 될까예?"

그렇게 찡고 까불어댔으니 그때부터 이미 고등골 집이 지어지고 있었던 셈입니다.

우리는 사람들이 잘 쉬고 왔다는 말을 들으면 행복하고 기뻤습니다. 남편은 심지어 각서까지 썼다가 일방적으로 파기한 죄인들을 오랏줄에 묶어 줄줄이 끌고 가서 창호지 문을 바르게 하거나 이불 빨래를 시키면서 면죄부를 주었습니다.

고등골 집을 지을 때 아래채를 하나 더 넣은 것은 사랑방처럼 사용할 수 있도록 배려한 것이었습니다. 그러나 그것은 큰 오산이었습니다. 한실 집은 작고 비어있으니 누구나 자유롭게 사용할 수 있었지만 고등골 집은 덩치가 크고 주인까지 살고 있으니 부담이 갈 수밖에 없는 일이었습니다. 나는 한실 집까지 돌볼 여력이 없었고 집은 갈수록 쇠락하기 시작했습니다. 우리는 그 집을 팔기로 마음먹고 주인을 기다렸지만 쉽게 만나지지 않았습니다.

그렇게 10년을 보냈는데 작년에 새로운 한실집 주인이 나타났습니다. 그들 부부는 한실마을이 가지고 있는 가치를 나보다 더 알고 필요로 하는 사람이었습니다. 그랬기에 미련과 아쉬움이 없이 가볍게 한실 집에서 해방되었습니다.

몇 년 전 초록공간이 문을 닫았습니다. 그들의 행보에 박수를 보내고 도왔던 만큼 많이 섭섭했습니다. 그러나 나는 지금도 뜻이 좋으면 사람들이 모여들고 사람들이 모여들면 그만큼 좋은 일이 많이 생긴다는 믿음에는 변함이 없습니다. 고등골 집 아래채가 그런 용도로 사용되기를 바라는 마음도 여전합니다.

네
스
가
되
다

백두산 천지에서 살고 있다는 괴물 네스는 세계 여러 불가사의
중 하나로 꼽힙니다. 네스를 보았다는 사람들은 수천 명에 이르지
만 그들이 목격한 모습은 모두 달라서 코끼리, 개, 수달, 흑곰과 목
이 아주 긴 용 등 다양합니다. 하지만 괴물의 존재가 확인되거나 본
격적인 탐사가 이루어진 적이 없으니 그저 소문만 무성할 뿐입니
다. 중국 연변에 있는 한인 자치주에서 발간되는 연변일보에 '천지
괴물의 수수께끼'라는 제목으로 비교적 상세하게 네스를 설명하고
있습니다. 그러나 일부에서는 산 그림자이거나 호수의 파문에 의
한 착시현상이라고 주장하고 있습니다. 이른 봄과 늦가을에 호숫

물에 밀도가 다른 층이 생기고 거대한 물살이 일어나면서 바닥에 가라앉은 나무둥치를 괴물처럼 움직이게 만든다는 설득력 있는 이론도 제시됐습니다. 아시다시피 백두산 천지는 화산폭발로 인하여 산꼭대기에 이루어진 호수입니다. 연중 200일 넘게 서 있기 어려울 정도로 강풍이 불고 기후가 변화무쌍해서 삼대가 덕을 쌓아야 볼 수 있다는 말도 있습니다. 나는 백두산에 갈 때마다 천지를 보았습니다. 그리고 두 번째 갔을 때 보트까지 탔다고 하면 과연 이 말을 믿을 수 있을런지요.

1994년 부산소설가협회에서 주관하는 여름소설학교에 참석하였고 처음으로 백두산에 올랐습니다. 안개 속에 모습을 감추었던 천지가 모습을 드러냈을 때 모두들 환호성을 질렀습니다. 두 번째 갔을 때는 구름 한 점 없는 맑은 날씨였습니다. 천문봉에서 눈이 시리도록 푸른 호수를 내려다보고 있는데 함께 갔던 류 시인이

"저 물을 한 모금만 마셔보았으면 좋겠다."

라고 했습니다. 가이드가 그 말을 듣더니 장백폭포 옆으로 나 있는 계단으로 올라가면 물가에 갈 수 있다고 했습니다. 그날 밤 저녁 식탁에 범선 모양의 큰 나무 접시에 산천어 회가 담겨 나왔습니다. 물을 마실 수 있다는 말에 잔뜩 흥분했던 그녀가 한술 더 떠서

"내일 천지에 가서 이런 배를 한번 타봤으면 정말 좋겠다."

라고 해서 그녀의 남편에게 타박을 받았습니다. 다음 날 새벽 세 시쯤 호텔을 나섰더니 백야 현상 때문에 손전등이 필요 없을 정도로 훤했습니다. 장백폭포를 왼쪽 옆구리에 끼고 올라가는데 계단 폭이 좁고 가팔라서 네발로 기어가야 할 상황이었습니다. 폭포에서 떨어지는 물이 엄청난 소리를 내는 바람에 귀가 먹먹해졌어요. 중간 중간에 문이 달리지 않은 창문이 있어서 고개를 내밀어 보니 7월 중순인데도 곳곳에 잔설이 남아있고 바위틈에는 주먹만큼 큰 보라색 매발톱꽃이 한창이었습니다.

40분 정도 올라가 마지막 계단 위에 섰을 때 눈앞에 예상하지 못했던 풍경이 펼쳐졌습니다. 우렛소리를 내며 떨어지는 폭포 위는 거짓말처럼 작은 시냇물이 졸졸 흐르고 있었어요. 들판에는 키가 아주 작은 야생초가 군락을 이루고 있어서 마치 순간적으로 태풍의 눈 속으로 들어온 느낌이었어요. 가이드는 장백폭포의 그 엄청난 물은 거의 지하를 통해 흘러온다고 설명해 주었습니다.

한가롭게 들판을 걸어 천지에 도착했습니다. 새벽안개 속에 잠겨있는 천지는 신비 그 자체였습니다. 우리는 누가 먼저랄 것도 없이 두 손을 모아 절을 올리고 떨리는 마음으로 그 물을 떠서 마셨습니다. 누군가가 애국가를 부르기 시작하는 바람에 서로 손을 잡고 함께 불렀습니다. 사람이 없는 줄 알았더니 작은 초소에서 중국군인 두 명이 다가왔습니다. 솜을 넣어 누빈 두터운 외투를 입은 그들은 애국가를 부르지 말라고 했습니다. 노래야 마음속으로 부르면 될 일이지만 내 나라 땅으로 올라와야 할 백두산을 남의 땅에서 보는 데다 노래까지 제약을 받아야 하는 처지가 애달팠습니다. 계단 오르기를 포기한 줄 알았던 류 시인이 뒤늦게 도착하더니 소리를 질렀습니다.

"옴마야, 저기 배가 있네!"

미처 보지 못했더니 군인들이 사용하는 감시용 고무보트 두 대가 물가에 놓여 있었습니다. 가이드가 중국 군인들을 설득하기 시작했고 잠시 뒤에 그들은 비상용 보트까지 가져와서 바람을 넣고 직접 노를 저어주는 친절을 베풀었습니다. 내 차례가 되어 보트를 타는데 바닥이 쿨렁쿨렁 움직였습니다. 물속을 들여다보니 먹물을 풀어놓은 듯한 회색물빛이 엄청난 흡인력으로 내 몸을 빨아 당겼습니다. 처음에는 감탄사를 연발하던 일행들도 겁을 먹었는지 조용해졌습니다. 노 젓는 소리와 쩡쩡 울리는 메아리가 얼마나 무서운지 등에는 소름이 돋고 다리가 뻣뻣해지면서 쥐가 내리는 것 같았습니다.

한국으로 돌아온 지 이틀쯤 지나서 신문에서 연합뉴스 기사를 읽었습니다. 새벽에 백두산 천지에 새끼 네스들이 나타나서 한 시간쯤 놀다가 사라졌다는 내용이었어요. 우리는 서로에게 이 소식을 전하면서 놀란 가슴을 쓸어내렸습니다. 네스가 나타났다는 시간과 보트를 탄 시간이 거의 같았으니까요. 그때 류 시인이

"혹시 이거 우리를 두고 한 말 아이가?"

말을 듣고 보니 정말 그럴 수 있겠다는 생각이 들었습니다. 시간이 지나면서 우리들의 생각은 확신으로 바뀌었습니다. 그 꼭두새벽에 천지에서 보트를 타는 사람이 있으리라고 상상할 사람은 아무도 없을 터였습니다. 그렇다면 건너편 초소에서 볼 때 꼬물거리는 보트가 새끼 네스처럼 보일 수도 있었을 거라 믿으며 모두들 입을 다물었습니다.

세월이 한참 흐른 뒤에 내 이야기를 들은 사람들은 큰일 날 뻔했다고 타박을 주거나 아무나 못할 경험이라면서 부러워하기도 했습니다. 돌아보면 그때는 정말 천지를 분간하지 못했으며 사자의 코털을 건드리는 것만큼이나 위험한 일을 했다고 생각합니다. 자고 있던 사자가 파리를 쫓는 것처럼 앞발을 내젓거나 재채기라도 한번 했다면 천지 물에 수장되었을 것이 분명했다는 마음에 새삼스럽게 무서워집니다. 그리고 백두산 천지신명께서 아무것도 모르는

어리석은 중생들이 불쌍해서 한번 봐 주셨다는고마운 마음도 변함
이 없습니다.

낮은 목소리

피서를 가는 대신 단식 캠프에 참석했던 적이 있었습니다. 나는 세 번째 시도하는 단식이지만 남편은 그렇게 유난을 떨며 살고 싶지 않다면서 고개를 흔들었습니다. 하지만 건강을 잃고 고생하는 사람들을 많이 본 탓인지 한 번쯤은 몸을 비울 필요가 있다고 생각을 바꾸었습니다. 대구 팔공산 인근 리조트에서 열리는 캠프장으로 떠나는 날 그는 마치 죽으러 가는 사람처럼 불쌍한 표정을 지었습니다. 주변에서도

"짧은 세상에 맛있는 것 실컷 먹다가 깨끗하게 가면 되지..."

하며 놀렸지만 따지고 보면 그것만큼 무책임한 말이 없다는 생

234

각이 들었습니다. 모두가 알고 있는 사실이지만 단식은 수천 년 동안 자연요법으로 이용되어왔습니다. 의학의 시조인 히포크라테스는 속을 비워두는 것이 병을 고치는 가장 좋은 방법이라 격찬하였습니다. 적절한 부속 조치만 강구된다면 단식이야말로 무해한 자연 치료요법이며 질병과의 싸움을 위한 최선의 무기라는 말도 있습니다. 종교계에서 오래전부터 수행의 방법으로 이용해 왔으며 단식 요법의 임상적 이용과 효능에 대한 과학적이고 체계적인 연구가 활발하게 진행되고 있는 추세입니다.

캠프장에 도착했더니 적지 않은 돈을 내고 모여든 사람들이 무려 서른다섯 명이나 되었습니다. 단순히 살을 빼고 싶다는 목적으로 온 어린 학생부터 몸에게 참회하는 마음으로 왔다는 칠순의 할아버지와 병원 치료를 마다하고 온 암 환자까지 사연도 가지가지였습니다. 모두들 약간의 두려움과 기대와 설렘으로 상기된 표정이었습니다. 그날 저녁 콩나물 삶은 국물을 한 그릇씩 배당받았습니다. 건더기가 하나도 없는 국그릇을 들여다보며 행여 대가리라도 하나 있을까 살피는 남편을 보니 웃음이 나왔습니다.

이틀 정도 음식을 먹지 않았더니 점점 기운이 빠졌지만 다음 날부터는 조금 편안해졌습니다. 그 정도 고비를 넘기면 체내 영양이 조절되면서 평상시처럼 유지하게 된다고 했습니다. 결론적으로 외부에서 필요한 영양분이 삼일 정도만 공급이 되지 않으면 자동적으로 몸이 비상사태에 돌입한다는 것이었어요. 자기 분해나 소화를 시작하면서 가장 쓸모없는 곳에 있는 조직과 세포를 분해시키고 에너지로 전환하여 사용한다는 말이었습니다. 그런 원리를 증명이라도 하듯이 녹록지 않았던 나의 뱃살이 조금씩 줄어들고 있었습니다. 하지만 어지러워서 자리에서 일어날 수 없었던 순간도 몇 차례 찾아왔어요. 그럴 때는 효소를 희석해서 마시거나 감잎차나 조청으로 기운을 차렸습니다.

올바른 단식은 평소 저장된 영양을 이용하여 몸이 스스로 치유력을 발휘할 수 있도록 기회를 주는 과정입니다. 그러기 위해서는 간단한 운동과 산책도 빠지지 않았으니 끊임없이 몸을 움직이도록 만드는 것 같았습니다. 게다가 밤늦도록 올바른 먹거리에 대해 배우고 환경 강의까지 들어야 했으니 엉뚱한 생각을 할 틈이 없을 정도로 일정이 빠듯했습니다.

드디어 모든 과정이 끝난 날 아침이었습니다. 들어올 때와는 사뭇 모습이 달라진 사람들이 이별을 아쉬워하면서 서로 부둥켜안았고 몇몇 사람들은 눈물을 흘렸습니다. 체면과 허세 따위가 전혀 통하지 않았던 그 일주일이 모두를 십년지기처럼 끈끈하게 묶어놓았던 것입니다. 감동의 시간이 순식간에 지나가고 앞으로 보름 동안 철저하게 보식을 해야 한다는 숙제가 주어졌습니다. 단식 기간 중 가장 힘든 시기가 이 보식의 단계이며 성패 또한 회복식에 따라 결정된다고 했습니다. 캠프장에서는 단체가 가진 힘으로 따라갈 수 있지만 보식 기간은 혼자라는 것을 강조했습니다. 인간은 육체적으로는 별로 차이가 없지만 정신력은 무한대여서 초인적 능력을 발휘한다는 말을 새겨들으며 캠프장을 떠났습니다.

집으로 돌아오는 길은 피서지로 오고 가는 사람들과 차량들로 북적거렸습니다. 휴게소에 들렀더니 마치 딴 세상에 온 것 같았습니다. 곳곳에 모여앉아 음식을 먹고 있는 사람들을 보는데 언젠가 읽었던 글이 생각났습니다.

자칭 만물의 영장이라고 하는 인간은 하루 세 번씩 음식물을 통하여 에너지를 공급받는 미개한 생명체라는 것이었어요. 에너지로 쓰고 남는 찌꺼기도 많아서 배설을 위해서 이중으로 또 시간을 보낸다며 조롱하는 글이었습니다. 그때는 웃고 넘겼지만 행여 상위 생명체들이 있다면 우리같이 원시적인 방법을 쓰지 않을 것이라는 느낌이 들었습니다. 하지만 지구라는 행성 자체가 그러하고 인간이라는 생명체 또한 그렇게 생겨났는데 방식을 바꿀 수도 없는 일이 아니겠습니까?

요즘은 입을 즐겁게 하는 음식이 많아지고 따라서 질병들이 늘어나고 있으니 한 번쯤은 내가 취하는 에너지의 공급원에 대하여 고민해 볼 필요가 있다고 봅니다. 나는 맛있게 음식을 먹고 있는 사람들을 물끄러미 보면서 캠프장에서 수없이 외쳤던 구호를 떠올렸습니다.

"내가 먹는 그 음식이 나를 만들고 내 몸은 내가 책임진다."

그러고는 천천히 생수로 배를 채웠습니다.

집으로 돌아온 지 보름이 지났습니다. 그렇게 밥을 좋아하는 내가 밥을 먹지 않고도 생활을 할 수 있다는 것이 신기했습니다. 끼니 때마다 음식을 만드느라 부산을 떨 필요가 없으니 시간적으로도 많이 여유로웠습니다. 남편은 살이 빠지니까 더 늙어 보인다면서 투덜거렸지만 그런 불평조차도 귓전으로 흘릴 만큼 마음이 편했습니다.

육체와 정신이 조화를 이루고 있을 때 우리는 건강하다는 말을 씁니다. 지금은 몸에 대한 관심이 늘어나는 반면 직관이나 심중에 대해서는 큰 비중을 두지 않는 것 같습니다. 하지만 살아가는데 필요한 지혜들은 내면에 있기 마련이니 한 번씩 그 부분을 살피는 일도 필요할 것입니다. 보식을 하는 보름 동안 나는 실컷 게으름을 피웠습니다. 그리고 가끔 내 안에서 일어나는 소리에 귀를 기울이기도 했습니다. 파도에 굴러다니며 돌돌돌 소리를 내는 자갈돌처럼 좀 둥글어지고 작아지라는 낮은 목소리도 간간이 들었습니다.

사
라
지
는

것
을

위
하
여

　마당에 굴러다니는 낙엽을 쓸다가 말라죽은 매미와 사마귀들을
만났습니다. 생명이 떠난 작은 몸이 종족 번식의 사명을 잘 끝낸 듯
편안하게 보였습니다. 겨울은 곤충이나 산짐승들에게는 죽음과 연
결되는 계절입니다. 우리 동네에도 굶주린 멧돼지들이 내려와 대
밭을 파헤치거나 농작물을 엉망으로 만들기도 하는데 덫을 놓고 경
광등을 달아 접근을 막지만 큰 효과가 없다고 합니다. 멧돼지처럼
개체 수가 늘어나는 동물도 있지만 관심 밖에서 시나브로 사라지는
것들도 있는데 그 중 하나가 뱀장어입니다.

　오래전 "장어와 인간"이라는 다큐멘터리를 보면서 장어에 관심

을 가지게 되었습니다. 흔히 민물장어라고 부르지만 정확한 명칭은 뱀장어이고 서식처는 강이었습니다. 뱀장어는 바다에서 살다가 알을 낳기 위해 강으로 돌아오는 연어와 반대로 5, 6년 동안 강에서 살다가 산란할 시기가 되면 바다로 가는 물고기입니다.

삼억 오천만 년 동안 강인하게 생명을 이어온 뱀장어는 바다와 강을 마음대로 오가는 회유성 물고기로 자신이 태어난 고향인 태평양 깊은 바닷속 산란장에서 일생을 마칩니다. 뱀장어의 산란장은 오랫동안 베일에 가려져 있다가 최근에야 세계에서 가장 수심이 깊은 마리아나 해저산맥에 있다는 것을 알아내었습니다. 그러나 삼천 킬로미터의 이동 경로는 여전히 수수께끼로 남아있으며 알을 낳는지 새끼를 낳는지조차 정확하게 모른다고 합니다. 뱀장어가 민물고기답지 않게 지방이 많은 것은 산란장으로 가는 육 개월 동안 아무 것도 먹지 않기 때문인데 그 바람에 도착할 무렵에는 몸무게가 오 분의 일로 줄어든다고 합니다. 그런 여정 끝에 태어난 새끼는 어미가 왔던 바닷길을 8, 9개월에 걸쳐 강을 찾아오는 동안 실뱀장어로 자랍니다. 천신만고 끝에 강어귀에 도착한 실뱀장어는 기수지역에서 잠시 숨을 고르고 강으로 올라갈 준비를 하지만 하구를 막아놓은 둑에서 길을 잃게 되는 것이지요. 우리나라에는 강과 바다를 갈라놓은 둑이 80%나 된다는데 물고기들을 위해 기껏 배려한 것도 연어를 기준으로 한 것이라 손가락 길이만 한 실뱀장어에게는 까마득한 장벽이 되는 셈이었습니다.

그렇게 흔하던 뱀장어가 이런 이유들로 멸종 상태에 이르렀다니 안타까웠습니다. 오랜 옛날부터 뱀장어는 병을 앓거나 몸이 허약해진 사람들에게 기력을 회복시켜주는 약으로 사용했습니다. 사상 일대는 재첩국과 뱀장어를 팔러 다니는 아지매들의 목소리가 골목마다 쩌렁쩌렁 울렸고 낙동강 하류를 옆구리에 끼고 있는 명지와 금곡동 등지에는 뱀장어 음식점이 성업을 이룬 적도 있었습니다. 그러나 지금은 치어인 실뱀장어를 구하지 못해 양식을 하기도 어려운 지경에 이르렀다니 인간들의 욕심이 부메랑이 되어 돌아오고 있다는 생각이 듭니다.

평생 뱀장어 음식점을 해 왔다는 식당 주인은 몇십 년 동안 장어를 다루었지만 창자 속에 먹이가 들어 있는 것을 본 적이 없다고 했습니다. 대장내시경을 할 때를 제외하고는 항상 음식 찌꺼기를 안고 사는 나로서는 놀랍고 경이로운 일이었어요.

처녀 때 친구들과 어울려 해운대에서 실뱀장어 잡는 장면을 본 적이 있었습니다. 조선비치호텔이 생기기 전이었는데 동백섬으로 들어가는 길목에 대천천에서 흘러온 물과 바닷물이 만나는 기수지역이 있었습니다. 많은 사람들이 횃불을 밝히고 뜰채로 물고기를 잡고 있었는데 우무처럼 하얀 몸에 까만 눈만 보였습니다. 나는 그저 비싼 값으로 팔리는 새끼 물고기 정도로 알았을 뿐 그 멀고 험한 바다에서 막 도착한 실뱀장어라는 사실은 알지 못했습니다. 그때 잡힌 실뱀장어들은 대부분 양식장으로 팔려가서 사료를 먹고 자라나 사람들의 입에 들어가는 음식으로 일생을 마쳤겠지만 그래도 운좋은 놈들은 대천천 어느 깊은 물에 터를 잡고 살았을 것입니다. 그리고 어미가 그랬듯이 마리아나 해저 산맥에 있는 산란장을 찾아가는 여정에 올랐을지 모릅니다. 하지만 그 기수지역은 오래전에 복개공사로 우리 눈앞에서 사라졌고 상류에 조금 남아있는 대천천도 조잡한 조경공사로 원래의 모습을 찾아보기 힘듭니다.

일본에 갔다가 공항에서 연어를 한 마리 사 온 적이 있었습니다. 주황색 고운 살빛과 담백한 맛이 입에 맞았습니다. 그때는 연어 값이 비쌀 뿐 아니라 재래시장에서는 좀체 만날 수 없는 귀한 생선이었지요. 어느 날 신경숙이 쓴 〈그는 언제 오는가〉라는 소설을 읽게 되었습니다. 시한부 삶을 살다가 자살한 여동생과 산란을 하지 못하고 죽어가는 연어를 모티브로 쓴 작품이었는데 인간의 내면에 깔린 근원적인 슬픔을 묘사하는 특유의 문체가 내 마음을 흔들었습니다.

연어가 남대천까지 오는 과정은 멀고 험난해서 베링 해에서 동해를 거쳐 오는 동안 포식자에게 잡아먹히거나 경로를 잃어 회귀율은 겨우 1% 미만이라 했습니다. 그중에서 절반 이상이 남대천으로 온다니 양양 사람들이 축제를 벌이고도 남을 일이었습니다. 나는 며칠 동안 연어의 꿈을 꾸다가 양양으로 가는 버스에 몸을 실었습니다. 그리고 남대천 하류에 도착하여 허연 물살을 일으키며 퍼덕거리는 연어 떼를 만났습니다. 모천에 도착한 기쁨을 표현하고 있다고 짐작했는데 사실은 강어귀를 가로막은 그물망에 걸려 상류로 올라가지 못하고 있었습니다. 몇몇 남자들이 가슴까지 올라오는 물옷을 입고 두 손으로 연어를 건져서 부화장과 연결된 컨베이어 벨트 위에 올려놓는 작업을 하고 있었습니다. 건물 밖에는 스티로폼 상자를 하나씩 든 사람들이 부화 과정을 거치면서 죽은 연어를 사기 위하여 줄을 길게 서 있었고요. 신기한 것은 강물 속에서 그렇게 몸부림을 치던 연어들이 컨베이어 벨트 위에 올려지는 순간부터는 거짓말처럼 조용해지는 것이었습니다. 내 눈에는 마치 자신들의 종족보존을 도와주는 인간에게 다소곳하게 협조를 하고 있는 것처럼 보였습니다.

뱀장어를 연구하는 사람들도 머지않아 연어처럼 인공적으로 개체수를 늘이는 방법을 개발해낼 것입니다. 그러나 사육된 뱀장어는 야생의 기능과 신비로움을 모두 잃어버린 한낱 복사판 물고기에 불과하겠지요. 나는 그 뒤로 뱀장어와 연어를 잘 먹지 않습니다. 그저 물고기로 보아 넘기기에는 그들의 생명력에 감탄과 찬사가 저절로 나오기 때문입니다. 그리고 그 끝으로는 늘 정체를 알 수 없는 안타까움과 슬픔으로 마음이 조금 우울해지는 것도 막을 수 없습니다.

발
자
국
을
　보
　태
　다

　　텔레비전에서 열 명의 자녀를 낳아 키우는 젊은 부부를 보았습
니다. 옹색한 살림살이와 전쟁터를 방불케 하는 일상에 머리를 절
레절레 흔들면서도 박수를 보내는 심정이었어요. 그들 부부의 꿈
은 언젠가 가족들과 함께 여행을 가는 것이라고 했습니다. 젊은 아
버지는 아이들이 자라서 모두 결혼을 하면 어른만 해도 스무 명이
될 터이니 버스를 대절해야 하지 않겠느냐고 했습니다. 그 속뜻은
자식들이 성인이 되어서도 잘 결속하고 화합하기를 바라는 마음이
라 짐작했습니다.

　　요즈음이야 계획만 잘 세운다면 쉽게 여행을 떠날 수 있는 시대

입니다. 하지만 내가 어린 시절만 해도 여행은 꿈속에서나 가능한 일이었습니다. 현실적으로 나는 초등학교 졸업반 때 가는 수학여행조차 빠져야 했으니까요. 그때 억울하고 슬픈 마음을 〈빨강머리 앤〉을 읽으면서 달랬습니다. 그리고 앤을 친구로 삼으면서 꿈꾸는 것은 들키지만 않으면 손해 볼 것이 하나도 없다는 것을 알게 되었습니다.

어느 날 현실에서 꿈같은 일이 일어났습니다. 담임선생님이 내가 쓴 시를 신문사에 보냈는데 사진과 함께 신문에 실리는 바람에 우리 동네가 발칵 뒤집어졌던 것입니다. 다른 사람에게 관심받을 일이 하나도 없었던 나는 글을 잘 쓰면 사람들이 알아봐주는구나 생각하면서 작가가 되겠다는 새로운 씨앗을 하나 가슴에 심었습니다.

1993년 가을에 소설가 박완서 선생님과 함께 유럽 문학 기행을 떠났습니다. 보름 동안 자리를 비워야 하는 데다 경비가 만만치 않아서 갈등이 많았습니다, 그러나 박 선생님과 함께 하고픈 마음과 대문호들이 남긴 발자취와 배경이 된 장소를 보고 싶다는 갈망을 주체할 수가 없었습니다. 결국 모든 악조건을 딛고 떠났던 그 여행은 내가 작가로 성장하는데 중요한 계기가 되었습니다.

한 해를 마무리할 때 쯤 날을 잡아 가족 여행을 떠나기 시작한 것도 그 무렵이었습니다. 평소 먹고 살기 바빠서 아이들을 돌보지 못하는 데 대한 미안함을 한꺼번에 보상해주려는 심리도 작용했던 것 같습니다. 연말이나 신정 연휴에는 도로가 복잡할 뿐 아니라 손님 대접받기가 힘든데 크리스마스 이전에는 의외로 여행지가 한산해서 적은 경비로도 충분히 즐길 수 있었어요. 길을 떠날 때마다 나는 아이들이 알아듣거나 말거나 노래를 불렀습니다.

"앞으로 너희들이 좋은 사람 만나서 시집 장가를 가더라도 이 여행은 계속되어야 한다. 알았제? 혹시 외국에 가서 살게 되더라도 이때만큼은 꼭 와야 한다, 알았제? 아이를 많이 낳으면 버스 한 대 대절하자, 알았제? 아빠와 엄마가 꼬부랑 허리가 되어도 지팡이를 짚고 따라나설 거다. 알았제?"

아들이 군대에 가는 바람에 잠시 중단이 된 적도 있었지만 제대를 하던 해에는 큰마음 먹고 제주도로 갔습니다. 그때부터 여행지를 고르고 예약하는 일들이 자연스럽게 아이들 몫이 되더니 다음 해에는 운전대까지 내주고 우리는 뒷좌석으로 밀려났어요.

아들이 일찍 결혼을 하는 바람에 우리 집에도 변화가 찾아왔습니다. 만덕 집은 아래 위층으로 되어있어서 함께 사는데 불편한 점은 없었지만 며느리와 한 공간에 있으니 매사가 조심스러웠습니다. 나는 시어머니라는 자리가 늘 부끄럽고 불편했습니다. 지금 생각하면 어린 나이에 시부모와 한집에서 살게 된 며느리는 나보다 몇 배나 마음고생이 심했을 텐데 내 생각에만 빠져 있었던 셈이었습니다.

몇 년 뒤 딸이 결혼을 했습니다. 사위는 결혼 조건에 가족여행에 빠짐없이 동참하겠다는 약속이 들어있었다고 했습니다. 어느 해 통영으로 여행지를 정하고 어렵게 콘도를 예약했는데 손녀가 장염으로 입원하는 바람에 취소한 경우도 있었습니다. 그 아쉬움을 벚꽃이 비처럼 쏟아지는 경주에서 풀면서 우리들의 가족 여행은 약간의 형식을 갖추게 되었습니다.

"꽃바람 여행단"이라는 재미있는 이름이 통과되고 회칙을 만들었습니다. 매달 한집에서 삼만 원 씩 회비를 거두면 일 년에 백만 원이 넘으니까 경비 부담을 덜게 되는데 문제는 누구에게 회장을 맡기느냐 하는 것이었습니다. 결국 아들이 회장이 되고 총무 자리는 딸에게 돌아갔습니다. 그러나 남매가 공모하여 부정을 저지를 수 있다하여 며느리가 감사를 맡았으며 사위는 온갖 굳은일을 담당하는 간사가 되었지요. 남편은 찬조금이 나올 확률이 높다 하여 고문 자리가 주어졌고 나는 그동안의 노고가 인정되어 자문위원으로 발령이 났습니다. 모두가 감투를 하나씩 쓰고 보니 평회원은 세 살짜리 손녀 하나뿐이었습니다. 세월이 흐르고 손자손녀들이 하나 둘 태어나면서 회원들이 늘어나더니 지금은 한번 움직이면 열 명이 대이동을 하게 됩니다.

두 아이를 뒷좌석에 태우고 첫 여행을 떠나던 때가 떠오릅니다. 나는 젊었었고 욕심도 많아서 동시에 몇 개의 일이 겹쳐지던 시기였습니다. 그런 나에게 만사를 제쳐놓고 떠나는 그 여행은 긴장한 마음을 풀어주었고 완화시켜주는 안전장치 같았습니다. 낯선 곳에서 똘똘 뭉쳐 이런저런 이야기를 나누다 보면 미처 마음을 쓰지 못했던 부분이 보이고 바로 잡을 수도 있었으니까요. 처음에는 두 아이를 사이에 두고 잤는데 어느 날부터 위치가 바뀌어 있었습니다. 우리를 중간에 들어가게 하고 아이들이 보호해 주고 있는 것을 발견하며 이상하게 가슴이 저려오던 기억도 새롭습니다.

지금 우리들의 여행은 형태가 바뀌어서 각자의 집에서 출발하고 각자의 집으로 돌아가는 것으로 끝이 납니다. 여행의 횟수도 두 번으로 늘어났습니다. 작년 여름에는 변산반도에서 이틀을 보내고 왔는데 오가는 길이 너무 멀어서 모두 힘이 들었습니다. 의논 끝에 새해에는 동해 바다를 뚫고 올라오는 붉은 해를 보자고 일광 바닷가에 넓은 방을 잡았습니다.

정유년 마지막 날 오후에 우리 부부는 일찌감치 자갈치 시장으로 가서 평소에는 선뜻 사기 힘든 해산물을 듬뿍 샀습니다. 일광으로 가는 길은 신정 연휴를 맞아 길을 떠나는 차량으로 북적대고 있었습니다. 수많은 사람들이 지나갔을 그 길 위에 보이지 않는 발자국을 보태며 우리는 아이들이 기다리고 있는 곳으로 가고 있었습니다. 문득 나이가 들고 늙는다는 사실이 나쁘지만은 않다는 생각이 들었습니다.

노
세
노
세
젊
어
노
세

50대 초반에 일 년 정도 풍류도 수련을 한 적이 있었습니다. 우
리를 가르치던 젊은 스승은 생각 없이 북과 장구를 두드리다 보면
리듬을 타게 되고 그 리듬을 따라가다 보면 본성을 만날 수 있다고
했습니다. 그해 늦은 가을 밀양 호박소 부근에서 열리는 수련회에
동참을 했습니다. 남녀노소 구분 없이 모여든 회원들이 장작불을
피워놓고 한바탕 잘 놀았습니다. 모닥불을 피워놓고 불가를 빙빙
돌면서 북과 장구 소리에 맞추어 춤을 추었는데 어느 순간 주변 사
람들을 의식하지 않고 온전히 나와 노는 상태를 경험했습니다.

논다라는 말은 놓다에서 나왔으며 거기서 파생된 단어가 노래

하다와 놀이하다 라는 것도 그때 알았습니다. 노는 것도 흥이 나서 노는 것이 있고 얼이 빠져서 노는 것이 있는데 잘 놀 때 나오는 것이 노래가 되고 엉뚱하게 하는 짓이 놀음, 즉 노름이 된다고 했습니다. 그중에서도 한바탕 놀아버리자, 라는 말이 마음에 들었습니다. 신나게 놀다 보면 웬만한 걱정들이 사라지는 경험이 종종 있었으니까요. 그 끝으로 나는 잘 노는 사람이 잘 버리게 되어있고 세상을 떠날 때도 미련 없이 갈 수 있을 거라고 믿게 되었습니다. 결론적으로 논다는 것은 몰입하는 시간이 많다는 뜻으로 재미난 일을 하다 보면 감정이나 근심이 끼어들 틈이 없다는 말이었습니다. 재미있는 책을 읽다 보면 시간의 흐름조차 잊어버리고 그 속에 빠져버리는 것처럼요.

풍류도라는 말은 통일신라 때 학자였던 최치원의 난랑비 서문에 처음 등장합니다. 바람 風과 물 흐를 流가 합쳐져 된 이 말은 꼭 바람이나 물의 흐름만을 뜻하지 않습니다. 사람들은 걸림 없는 성품을 만드는 방법으로 가무를 즐겼고 철 따라 물 좋고 산 좋은 경관을 찾아 기상을 키워나갔습니다. 어릴 때 자주 듣던 노래 중에 이런 것이 있었습니다.

"노세 노세 젊어 노세 늙어지면 못 노나니 인생은 일장춘몽 아니 노지는 못하리로다."

예사롭게 부르던 그 노래는 젊을 때부터 마음을 다스리는 법을 연마해야지 늙어서 힘이 떨어지면 집착에서 벗어나기 힘들다는 가르침이 들어 있었던 셈이지요. 결국 풍류라는 말은 춤과 노래로 본성의 자리를 찾아가는 도구이지 허랑방탕한 한량들에게는 함부로 쓸 수 없다고 했습니다. 다행히 나는 천성적으로 놀기 좋아하는 편입니다. 다시 말하면 노는 것을 너무 좋아해서 나름 부지런한 사람입니다. 일을 미루지 않고 후딱후딱 해치우는 것은 빨리 끝내놓고 자투리 시간을 즐기고 싶어서입니다. 그런데 진짜 고수는 일하는 그대로 쉬고 쉬는 그대로 일을 한다니 몸은 바빠도 마음이 여여하다면 일하는 것이나 쉬는 것에 구분이 없다는 뜻일 것입니다. 허균의 〈한중록〉을 보면 풍류에 대한 이야기가 나옵니다. 한 선비가

"상제님, 제가 절대로 큰 것을 바라지 않습니다. 그냥 비를 피할 만한 집이 있고 끼니 거르지 않을 정도로 살며 자연 속에서 유유자적 여생을 보내게 해주십시오."

하고 기도를 했더니 상제가 이렇게 응답을 하더랍니다.

"그것이 바로 신선의 도인데 네 꿈이 너무 크구나, 만약에 부와 명예를 달라고 한다면 바로 줄 수 있는데...그것은 나도 참 어렵다."

상제의 수준에서도 그런 평범한 삶이 부러움의 대상이 된다는 것이었습니다. 나는 결국 도인이란 공중부양을 하거나 축지법을 쓰는 특별한 능력을 가진 사람을 두고 하는 말이 아니라 주어진 삶을 잘 경영하면서 자족하는 사람이라고 정리했습니다. 그리고 어느 날 유튜브에서 홍익학당 윤홍식의 강의를 들으면서 무릎을 탁, 쳤습니다. 그는 동서고금 모든 성인들의 말씀과 철학자들이 하는 말을 종합해 보면

"내가 당해서 싫은 일을 남에게 하지 말고 내가 대우받고 싶은 대로 남에게 먼저 하라는 가르침으로 귀결된다."고 했습니다.

또 하나의 이정표를 발견하는 느낌이었습니다.

실제로 우리 조상들은 노는 것을 아주 좋아했고 노동과 연결시켰습니다. 어려운 상황에서도 매달 모여서 놀았고 대동제를 지내면서 얻은 에너지를 노동에 사용했습니다. 그런 조상들의 피가 내 몸에도 흐르고 있는지 나는 진달래꽃이 피는 봄이 오면 이유 없이 뜨거워지는 가슴을 달래기 위해 화전을 만들었습니다. 그리고 노루꼬리만큼 남은 해를 그대로 보낼 수 없어서 동짓날마다 가마솥에 팥죽을 끓였지요. 그것이 오는 봄에 대한 예의가 아니겠느냐고, 그것이 한해를 거두고 새로운 해를 펼치는 우주에 대한 인사가 아니

겠느냐고 너스레를 떨면서 친구들을 불러 모았습니다. 일을 벌이다 보면 노동이 필수적으로 따라오게 되어있지만 그 고단함조차 놀이로 여겼습니다. 그것은 사람을 좋아하는 내가 노는 방식이었던 셈입니다.

지금은 혼자 사는 것이 익숙해진 시대입니다. 자의건 타의건 혼자 있는 시간은 필요하지만 사람들과 어울리는 시간 또한 중요하다고 생각합니다. 그래서 행복이란 다른 사람과 조화를 이루고 그들을 내 삶에 초대하는 과정에서 만들어진다는 누군가의 말에 전적으로 공감합니다. 삶을 살아본 사람들은 한결같이 말합니다. 인생의 비극은 우리가 너무 일찍 늙어버리고 너무 늦게 철이 드는 데 있다고요. 하지만 늦게라도 이런 원리를 알았으니 그게 어디냐고, 지금부터는 여한 없이 놀아야겠다고 마음을 다집니다.

봄이 오고 있습니다. 나는 게으름을 피워도 표가 나지 않는 겨울을 좋아하지만 봄이 기다려지는 마음 또한 말릴 수 없습니다. 며칠 전 양지바른 담벼락 밑에서 철없이 꽃을 피운 민들레를 만난 탓인지 우렁우렁 소리를 내는 바람 속에서 남모르게 꽃눈을 터트리고 있을 저 매화나무 때문인지 모르겠습니다. 그도 저도 아니면 한바탕 신명 나게 놀고 싶다는 신호가 오고 있는 것인지 나도 알 수가 없습니다.

맨
땅
에
헤
딩
하
기

지은이 고금란
초판 1쇄 발행 2018년 8월 19일
펴낸곳 호밀밭
펴낸이 장현정
편집 박정오
디자인 추주희
마케팅 최문섭
등록 2008년 11월 12일(제338-2008-6호)
주소 부산 수영구 수영로 668 화목O/T 1209호
전화 070-7701-4675
팩스 0505-510-4675

Published in Korea by Homilbat Publishing Co, Busan.
Registration No. 338-2008-6.
First press export edition August, 2018.

ISBN 978-89-98937-88-1(03810)

홈페이지 www.homilbooks.com
전자우편 homilbooks@naver.com
트위터 @homilboy
페이스북 @homilbooks
블로그 http://blog.naver.com/homilbooks

국립중앙도서관 출판예정도서목록(CIP)

맨땅에 헤딩하기 : 소설가 고금란의 세상사는 이야기
지은이: 고금란. -- 부산 : 호밀밭, 2018

ISBN 978-89-98937-88-1 03810 : ₩13800

한국 현대 수필[韓國現代隨筆]

814.7-KDC6
895.745-DDC23   CIP2018020813